バナタイム

よしもとばなな

幻冬舎文庫

バナタイム

もくじ

本文イラスト　原マスミ

海の力

昔から泳ぎがうまくて海が大好きだった私の父が、彼にとって最愛の伊豆の浜でおぼれて死にかけた時、私は自分と海の関係を再考せざるをえなかった。

海はいつも私にとってなにげなくそばにあるものだった。そこで死ぬことがあるかもしれないことも、なぜ海に入って泳ぎたいのかも、まじめに考えたことはなかった。

熟考の結果、私にとって海がほんとうに大切なもので、夏に海に入れなくなったら生きているかいがないと思うほどに、海を愛しているという結論に達した。

山で死んだら「なんでこんなところに来てしまったんだろう、こんなところで死ぬなんていやだなあ」と悔いる気がするが、海なら、まあいいか、きれいなものをたくさん見せてもらったたし、とあきらめがつくと思ったのだ。そのせいで死んでも容認できる、きっとそれこそが愛というものだろう。

いつかシチリアの冷たい海で泳いだことがあった。旅と日焼け疲れで扁桃腺《へんとうせん》が腫《は》れて、今にも熱が出そうな体調だった。移動疲れで体のあちこちが痛かった。そんな時にまだ肌寒い季節の海で泳ぐなんてばかなことだった。でも「ここにはもう一生来ることはないかもしれない、この海に身をひたす機会はないかもしれない」と思ったら、どうしても水に入りたくなって、服を脱ぎ捨てて海に入った。ものすごい冷たさに驚いたが、その瞬間、体がふわっと何かに包まれたような感じがした。泳いでいるうちに濃い海水が痛いのどに入ってきた時も、不快ではなかった。

遠くに山が見え、美しい入り江とささやかではあるが鮮やかな色の木々が見え、切り立った崖に立ち並ぶかわいいホテルの群れが見えた。ぐるりと島の風景を見渡し、私は突然健康を取り戻した。水からあがったら、のどはかなりよくなり、体の凝りはなくなり、気持ちも生き生きしていたのだった。

あの時、私は何かを悟ったような気がする。私の人生には海がとても重要な要素で、欠かせないものにいつしかなっていたのだ、と。いつもそうだ。都会のあわただしさに疲れ果てて、もう泳ぐこともどうでもいい、水着になるのも面倒くさい、とどれだけ思っていても、しぶしぶと水に入った瞬間、はっと目が覚める。これまで見ていたのが悪くて長い夢で、今の私が私なのだ、と首を水から出して岸を振り向き、その土地の自然の姿を見た時に思う。あの目が覚める瞬間の衝撃を、何回経験してもあきることはない。

幸福……それが夕方のバーで飲む一杯であるという人もいるだろう。月に一度のフランス料理、セックス、ダンス、なんでもいい。自分のそれを知っているというのはかけがえのないことだと思う。私にとってはそれは海辺の暮らしだ。朝起きて海に入り、毎回はっと目を覚まし、たくさん泳いで、たくさん食べて、やがて夕方空がピンクになった頃に夕陽に染まる山々を見ながら、一日が去っていくのを惜しみながらほてった顔でゆっくりと帰っていくこと。潮まみれの体を熱いシャワーで洗って、夜が来るのをながめながら、食前酒を飲むこと。海に感謝し、人生に感謝すること。

今年も父は不自由な足と目をものともせずに、何が何でもたとえ十メートルでも自分で泳ぎたい、と言ってあらゆる浮き物を駆使して泳いでいた。足のマッサージをしてから数時間しか足は動かない、その間にほんのわずかの距離を自力で泳ぎ、あとはへとへとになって宿で寝ていた。そんなにしてまで……と思う反面、その根性の源を理解できるような気がした。幼い私に泳ぎを教え、海への厳しいが深い愛情を育ませてくれた父に感謝を覚えた。

……なんか漁師の娘の文章みたいだ（おいおい、いちばん教わったのが文学のことじゃなくていいのか？　と自分でつっこみたくなる）が、そうなのだから仕方ない。

別れというもの　その1

これを結婚と呼んでいいのかわからないが、ある人と神社で式をして「これからいっしょに暮らして助け合って生きていこう、で、子供ができたら産もうかな」ということにわりと急になった。これは、私が、これまでにいかにもやっていそうで実はやったことがないことである。昔、神社で「いつまでもいっしょにいられますよう」という感じでうちうちに祝詞《のりと》をあげてもらったことがあったが、他の人の立会いの下に、神に結婚を誓ったのは、ほんとうに初めてだ。生きているといろいろなことがあるものだと思う。

結果、突然に、もともといた長いつきあいのボーイフレンドときっぱり別れなくてはいけなくなった。ふたりは様々な事情から結婚はできないというのがわかっていたが「なるべく長くいっしょに暮らしていこう、子供が作れないから動物をたくさん飼おう」とあきらめの中にもなるべく前向きにとても楽しく暮らしていたので、それはそれはつらい体験となった。

別れというものにだけは、慣れることはない。でもひとりで生きていくことを選択して自由を得た反面、引き受けなくてはいけない苦痛もある。果物の実が腐ったら木から落ちるように、自然のなりゆきでやってきた別れをひきのばすことはできない。この生き方なのにもしも形だけで続けていくとしたら、自分と相手双方の人生を冒瀆《ぼうとく》したことになってしまう。それはきっと今回の結婚も同じで、別れなくてはいけないとお互いがほんとうに悟る時がきたら、ためらいなく別れるだろう。それは常識やモラルがないのでも、我慢強くないのでも自分勝手なのでもなく、どういう生き方を選択したかという問題だと思う。

私は国内外問わず時期もまちまちに、なんと六人の占い師に「一九九九年秋！出会ったばかりの人と電撃結婚しますよ」と言われ続けてきた。この人たち、口裏を合わせているんじゃないの？　としか思えないほどみんながそう言った。最後のほうにはもう見てもらう前に「はいはい、一九九九年に電撃結婚でしょ?」と言いたくなるほどだった。

なんということもなく一九九九年の秋が過ぎた時にはちょっと肩すかしをくった気がしたが、ボーイフレンドと「当たらなかったね!」と言い合ってお祝いをしたり、イタリアで銀のマスク賞を取った時に、同じ受賞者のスポーツ部門にいた、オリンピックにも出たというあまりにもかっこいいカヌーの兄弟に握手してもらったりして「きっとこれで男運を使い果たしたんだ……」と思ったりしていた。が、ちょっと遅れたものの結局当たったのだ。占いはあなどりがたい、もしくは私の人生は単純だ。

そう、それでも別れがせまっているというのは本能でわかった。きっとお互いにわかっていたのだと思う。ある朝、私は夢を見て泣きながら目覚めた。それは、いつも迎えに来てくれる彼の車が、どこをさがしてもいないという夢だった。いやな感じがした。ああ、この生活がもう終わりに近づいているんだ、と思った。起こる出来事もどんどんそれを示唆するものになっていった。「どうやっても君

たちはいっしょにはなれない」という事実を、毎日神様（いるとしたら）に突きつけられているような日々だった。悲しい流れを感じた。

そういうのを意志の力で止めることは可能か？　と聞かれたら不可能ではない、と私は答える。でも人生に普通に降り注がれるエネルギーはきっと著しく損ねられ、体につけがまわってくるか、いつも無理をして疲れ果ててしまうだろう。それでも不可能ではない気がする。腹の底から「こうだなあ」と思うことにはかなりの力が湧いてくるし、「いやだけど自分で決めたことだから」と思うとそれはそれで無理がきいたりして、なんとかやっていけるものだ。とにかく私は別れを選んだし、いずれにしても自分を強く信じるアバウトな感じの力が、未来をつくっていくのだと思う。

別れというもの　その2

とにかく、私は今では断言できる、結婚もしくは生涯のパートナーを自分で決められると思ったら大間違いだと。それにはなんだかもうよくわからない、いろいろな要素がめちゃくちゃ複雑にからまっていて、ちょっとやそっとではいじれないほどに巨大で強烈なものなのだ。

私は新しい彼と結婚を決める前日くらいまでボーイフレンドと楽しく家で晩ごはんを食べていたのだ。ずっとこうしていたいね、などと言いながら。こんなことを書いているだけで、また泣けてくる。

あまりにも占いの特徴と一致している、もしやこの人がその？　という人と親しくなった時「こりゃ困った、取り急ぎふたまたをかけようっと……」などと思っていたしょうもない私だったが、心の底では「そういうことをしても結果は同じになって、きっとこの人といるようになるんだろうなあ、結果がわかっているのに登場人物みんなが長く苦しむのはよくないことかもしれないな」ともなんとなく思っていた。私がとにかくなんとかつきあっていけるよういろいろな手段を提案している時、相手の口から「そういうことはどうでもいいから、一日一回いっしょにごはんを食べたい」という言葉を聞いた。さすがに自分の姑息さが恥ずかしくなって「てへ」と思ったのとほとんど同時に、突然大嵐が来て船が欠航し、旅先にいたボーイフレンドが帰ってくることができなくなってしまった。もうやけくそにかなり近い気持ちで、私はもう仕方ない、と悟った。ああ、こうなるようにできているんだ、と妙に納得して、プロポーズを受けた。何か巨大な力の存在を感じた。神とかいうことよりも、ふたりの間に流れる強大なエネルギーが将来の人生、まだ見ぬ子供、お互いの仕事のこれから、などに向けて怒濤《どとう》の勢いで流れていくのを感じた。そして内面は澄んだ湖の水面のように静かだった。もうわかっているのだから、痛みをなるべく少なく、単純に決行するしかない。もしも自分が恋に浮かれて勘をはずしているなら、自分が痛い目にあえばいい、そう決めた。そしてもうひとつ、私にそれを決めさせたのは、私の、七つ年上の姉の言葉だった。私が「その人とは別にプラトニックなつきあいでもいいんだ。」と言ったら姉は「あんたにはそういうことが一番必要なんだよ。」と言った。そして、「でも急な変化はよくないからしばらくは今のボーイフレンドとの生活を続けようと思う。」と言った私に、姉は言った。「もうだめとわかっていることを続けても、見ているこちらもつらいものなんだよ。」姉はふだんなかなか決定的なことを言わないので、その言葉は私の胸にしみとおった。あんなにきっぱりと人と別れたのは生まれて初めてかもしれない。

まあ勘ははずれずにめでたく結婚して今に至るのだが、まだ町じゅうに、生活のすべてに、前のボーイフレンドの思い出がたくさんあふれている。自業自得というしかない。はたから見たら私はめでたくてしかたない新婚さんだし、実際に真のパートナーを見つけた喜びは何ものにもかえがたいが、これほどに落ち込んでいるというのを人に言うわけにはいかない感じ、というのはなんとも言えず息苦しく、痛いものだった。五年もいっしょに暮らしてきたので、体が時間を刻んでしまうのだ。ああ、もうすぐあの子が帰ってくるからごはんのしたくしなくちゃ……夜は本屋に行って、お互いの好きな雑誌を買って手をつないであの道を帰っていこう、などと勝手に体がその生活を覚えこんでいるのだ。

だから今、まだ世界は灰色だ。自分がふったからといって、つらくないわけがないだろう。急で大きな選択をした後の痛い時期を過ごしていることを、人に伝えようとも思わなかったし、わかってもらえなくても、悪者と言われてもいいと思った。それでもほんとうに仲のいい少数の友達だけが、私が決していいコンディションにないということをわかってくれたし、それでもいっしょに泣くよりは、笑い飛ばそうとしてくれた。お互いに口には出さなくてもやはりとても嬉《うれ》しく感じた。

とにかく私は「この人といっしょになるようになっていたな」と腹の底から思う人といるようになった。世界がもう一度色を取り戻したとき、私の新しい生活がやっとはじまる。これまでにない真剣なパートナーシップへの未知で気楽な旅

路がはじまる。が、それまでにはまだ時間がかかる。早送りすることはできない。

そして別れというものは人生においてどんな形であれ絶対に避けられないものだから、できればすべての別れが旅先のようであったらと願う。笑って手を振って別れたあとで、もう二度と会えなくなったことに気づき「そうか、あれが最後だったのか!」と思ってちょっとお互いきゅんとして、来た道を愛《いと》しく振り返るような……もしもできることなら、そういう粋《いき》な感じになるといいと思う。

パトリスが示したもの

仕事でヨーロッパに行くようになってから目につくようになったのは、日本人のTPOに関する甘えだった。ジョージア・オキーフがいつも黒を着ていたとか、奈良美智くんが自分の個展のオープニングにもGパンで来るとか、ピカソの短パンとか、そういうポリシーのあるものは別として、昼間に夜の格好をしている人が多すぎるし、夜になっても昼間と変わらない人が多すぎると思う。それでパーティになるといきなりイブニングだったり、パンツスーツに昼と同じ化粧でこなしてしまったりする。

もちろん自分も含めて、大いに反省した点だった。

「自分らしければいい」と自分を通そうとするのは、ポリシーではなく、甘え、それから心のせわしなさ、つまり貧乏くささだ。

たとえばイタリアなどで昼にインタビューをしに来た記者が、夜のパーティにも出るという設定がよくある。私はパーティ会場で彼女たちを見違えてしまう。たとえばチビだろうがデブだろうが、彼女たちなりにあまりにも華やかに変身しているからだ。それは見ていてやはり嬉しい。同じ女性でも嬉しいのだから、男性はもっと幸せだろう。まれに変身しない人も見かけるが、それは「装わない、という自分の考え方を外に示す」というリスクを背負っての行動なので、いさぎよい感じがする。

昼と夜、時間と場所によって自分を調整しなおすという感じは、人生を豊かにしようと思う試み、快楽を求める美しい方法だと思う。自分も楽しみ、人も楽しませる、そういう人々に流れる時間はゆったりとしている。

日本在住のイタリア人の友達、アレちゃんはたまに夕食にまねいてくれる。今はもう社会に出ているので彼の生活も変わってくるだろうと思うが、大学生時代でさえ彼のもてなしの形はきちんとしていた。部屋は普通のワンルームでそこい

らの大学生の下宿と全然変わらないし皿もカップもキッチンも質素なのだが、片付いた部屋の真ん中につみあげた本で脚を作った即席のテーブルがしっかりとあり、そこには清潔なクロスがかけられ、キャンドルが灯《とも》り、パンは籠に入れられ、きれいな色の紙ナプキンをセットして、小さなキッチンで丁寧に作られたイタリア料理をきちんとサーブしてくれる。どうしてそれで見栄《みえ》をはっている感じにならないのだろう？　どうして全然みすぼらしくならず、レストランで過ごすのと同じくらいに豊かな気持ちになるのだろう？　とよく思ったものだ。多分身についたセンス……汚いところで適当に何か食べるなら食べないほうがまし、という美的感覚と、なによりも人のほうが食べ物を含む「もの」にふりまわされていないということだと思う。愛する人々と心地よく、楽しく食べる。そのことが優先順位の一番だということだろう。

パトリス・ジュリアンさんは現代の日本人にその意識を本気で伝えようとしてくれたはじめの人だという気がする。私が何回説明してもうまくできない違いを彼はとてもうまく文にする。はじめて彼の料理の本が出た時、全く日本にこびていないことに驚いたものだった。

その本を開いている間、私は幸福な旅をした。未知の国の文化の中に心を遊ばせることができた。

そんな彼には現代日本はほんとうに不思議だっただろう。こんなにお金があるのに、みんな気が違ったように雑貨を買ったり部屋をきれいに整えている国なのに、なぜ？　とさぞかし神秘だっただろう。何年も恋をしない人々、コンビニで弁当を買ってドラマを見ながら食べている人々、外ではものすごく着飾っているのに家ではジャージを着ている人。出かける時にはきれいにお化粧しているのに、夫の前では全く装わない人……電線で区切られた空、偽の洋館、もしくは箱みたいな醜い建物、長く乗れるようにつくられていない車、街道沿いの量販店。

それはこの繊細な自然の中にアメリカの中途半端な田舎町のセンスを押し込めてしまった日本人の責任であり、これから私たちが時間をかけて取り戻していく宿題なのだろう。若い人の中にはパトリスの本を読んで「こんな面倒なことやっていられないわ」と思ったり、反対に「こうしなくては！」と形から入ってへとへとになったり、そういう人もいるだろう。彼の言っていること……美に親しんで育った人々の真髄を感じ、自分の生活を見直し、取り入れていく作業、それは私にとっても時間がかかると思うがとても大切なことだと思う。

そのひとことが

人生であんまり経験しなくていいことのひとつに、事実以外のことを勝手に書かれる、というのがある。今までいろいろなことを言われてきた……ふられたくやしさで呪いをかけにいくために比叡山に登ったとか（それじゃ書く小説と性格が違いすぎてないですか？）、サイババを信じているとか、オカルト整体師と結婚したとか……本当だったら、我ながらすばらしく面白い人だと思うが、違うのでなんとも言えない。

世の中にはもっとすごい人がたくさんいると思う。ゲイだとか脱税とか様々な男女とつきあっているとか、すごく不動産を持っているとかものすごく整形したとか……だとしても別にいいのではないだろうか？　と思うけど、とりあえず、私よりは、きっと、面白いと思う。

今回の結婚の話題など、相手側の質問にすべてていねいに事実のみを答えたのに、全然相手にしてもらえなかった。だいたいどう考えても私なんて、そんなに面白いわけがない。

ちなみに、今までしたいちばん面白かったことは、イタリアで酔っぱらって、店の前で張り込んでいたパパラッチを逆に撮影しまくったことくらいだ。びっくりしたおじさんたちの写真が今も手元にある。その時も別に私だけというよりも、いっしょにいたフェンディのおうちのお嬢さんとのからみを狙われただけで、実に地味だ。そして今まででいちばんびっくりした大ネタは親が海でおぼれたこと。地味……。

そう、今回ちょっとなあ、と思ったのは、私の彼というか、ふたりの間では夫、は大まかに分類すると治療院というようなものをやっているのだが、そこになんとその雑誌のライターが立場を隠して予約してきて、お金を払って施術を受けつつ私のことを聞き出し、さらに「友達を見学に連れてきていいですか?」と言って、その友達というのがひそかに隠しカメラで室内を撮り、それが雑誌に載っていたということだ。私の夫がまじめにそのあほなお嬢さんの体の調子を整えようと奮闘している間にであるよ。

法的には問題はないんだろうし隠し事もないからどうでもいいが、彼のまじめな仕事ぶりを空しくするような感じがしていやだった。しかし彼は「あの人も体の調子よくなったんじゃない？」とか言っていやな顔をつとめてしないようにしてくれたし、事実そのお嬢さんの突撃取材だった「プリクラの写真、彼女ですか？」という質問に脳天気にも「ワイフです」と答えて、記事にも本当に脳天気と書かれていて心あたたまったし、いいんだけど。ちなみにそのプリクラはぬりかべの陰に隠れるふたりという、ゲゲゲの鬼太郎プリクラでしたよ。

なんだかもうどうでもいいか、という私の態度を察して、はじめ怒っていたまわりの人たちもみんなすぐに受け流してくれたし、みんな笑ってくれたし、誰も気にする人はいなかった。だから私もそんなことがあったことすら忘れていたくらいだった。

ある日、雑誌の取材で画家の奈良美智くんと対談をした。対談の後でみんなでしゃべっていて、たまたまその話題が出た。私はもうどうでもよかったから、「全くひどいんだよ！　普通の人のふりして予約したりキャンセルしたりしてさ！」などと軽く言ってみた。そうしたら、奈良くんが開口一番にこう言った。

「それって、犯罪じゃないのかな！」

その時、あれっ？　という感じで光る何かの手がかりが私の中で流れた。ちょうど流れ星みたいな感じだった。

私とまわりの人は「うーん、お金も払っているし、法的にはきっと何にもひっかかっていないと思うよ」というようなことを、声をそろえて言った。

そう、それが大人の私の判断、そして現代社会の事実だったし、私はその中にすっぽりと入って生きている。もう一回私は言った。

「でも悲しいよね、興味を持ったから見学に来るって来た人が、隠しカメラで撮るなんてさ。」

そうしたら、もう一回奈良くんは、力のこもった声で、ゆっくりと言った。

「やっぱり、それって、犯罪じゃないのかな。」

私は泣きそうにもならなかったし、犯罪ではないということも知っていた。奈良くんはなぐさめる気持ちなんて少しもなく、ただ疑問に思ったことを少し怒りを含んで言っただけだった。でもなぜかその言葉が、一番本当は聞きたかった言葉だということに、その時はっと気づいた。誰かにそう言ってほしかったし、誰かがそのひとことを言ってくれれば、魔法のように傷のようなものが消えて、全てを忘れ去ることができる、まさにその言葉だった。

彼の描く作品が人の心をつかみ、ありのままのその人を取り戻させる力を持っている秘密にほんの少し触れたような気がした。そしてどういう時でも人はさりげなく補いあって生きている。私も誰かにそのひとことを言える存在でありたい。

旅に学ぶ

「旅行なんて好きじゃない」と言うと、いつも必ずびっくりされる。

いちばん面白かったのは、トスカーナ地方のある小さな町のホテルで夕飯の時間までちょっと休憩、という時のことだった。あまりにも、あまりにも寒かった！　石畳が凍っていたし、冷気で耳が痛かった。しゃべる声も意味もなくふるえてしまい、店のウィンドウが澄んだ空気の中、夢のように暖かく見えた。

チェックインしたばかりで、部屋の暖房はまだろくにきいていなかった。私と事務所の慶子さんはやむなくふたりでダブルベッドに入って、毛布にくるまってふるえていた。他にいられるところがなかったのだった。古びた小さな窓の外には、西陽が射す青い空が見えていたが、寒々しかった。あまりにも寒くて、ふたりは口もきかずに互いのぬくもりでなんとか仮眠をとろうとしていた。私は慶子さんに背を向けた状態で「実は……あんまり旅行が好きじゃないんだよね……。」と言った。慶子さんはぷっと吹き出して「それはかなり意外です！」と笑った。だったらなんでこんな寒いところに寒い時期にプライベートで来るんだよ、ときっと思ったことだろう。逆の立場なら私だって聞きたい。暮れゆくヨーロッパの田舎町、早くからベッドに入って……男女なら最高に色っぽいはずのシチュエーションで、私は知り合って五年以上たつ彼女にはじめて本音を告白したのだった。さえない気持ちで、寒さにくじけて……。しかし、そんな身近な人がそう思うのだから、きっと親とかにも旅行が好きな娘だと思われているのだろう。

でも本当に全然旅行なんて好きじゃない。淋《さび》しい感じがなんとなくするから空港も嫌いだし、荷造りも大嫌いだ。まだ行ったことのない場所に備えて衣類や持ち物を考えるなんてぞっとする。でも旅行からもらったかけがえのないものを考えると、いつも這《は》うようにして立ち上がり、大嫌いな飛行機に乗り込むことができる。私にとって旅はいつでも、旅先で出会った、あるいは会いに行った愛する人々と同じ景色と体験をわかちあうためにしなくてはならないものだった。

私はバックパッカーでもないし、地中海クラブみたいなのが好きな訳でもない。その中間くらいの、よくいる旅人プラスたまに仕事で突飛なこと（取材とか授賞式とか）があるというくらいの感じだから、危険なところにはあまり行ったことがない。

今まで行ったいちばん危険なところは多分南米だと思う。とても安全な立場にいても、何回か「ああ、身ぐるみはがれてしまうかも」と思ったし、そこいらじゅうで「蛇とか踏むかもしれないな、アリ塚を踏んでアリに食べられちゃうかも、運が悪かったら」……と切実に思った。中でもかなり平和だったはずのブエノスアイレスでも、見るからに泥棒らしい人をたくさん見た。町のあちこちは荒れた感じがしたし、冒険を求めてない私はむやみに歩き回りたいという気持ちにはならなかった。

それでも……たとえ泥棒がそこいらじゅうにいても、建物がぼろぼろでも、町には人が生き生きと生活していた。高級住宅街があり、盛り場があり、貧民街があり、それぞれの生活が町には溶け合っていた。恋人たちは意味もなく夜まで腕を組んで活気に満ちた商店街をうろついてお茶をしていたし、クラシックギター屋はジャカランダの木でできている世にも美しいぴかぴかに光るギターを愛しそうに説明していた。パスタを残すとカフェのウェイトレスは「なんでそんなに少ししか食べないの！」とお茶目に笑っていたし、軍事政権だった時に子供を殺されたお母さんたちはしんみりとデモ行進していた。偽のサッカーボールで少年たちはサッカー選手になることを目指して一秒でも惜しい、という感じで普通の街角でにこにこして練習に励んでいたし、タンゴダンサーたちはもうタンゴのことしか考えられない、という感じのシャープな目をして毎日を生きていた。

どんな町でも人は絶対に生活している。ごはんを食べて、朝と昼と夜を繰り返して、眠って、歳をとっていく。ガイドブックにどんなふうに書いてあっても、人が生活していない国は絶対にない。どんなものすごい暮らしの中でも子供が産まれたり、人が死んだりしている。

そんなあたりまえのことをわかるようになったのはやはり実際に外国に行くようになったからだ。そして東京にいると、そういういろいろなこと……生きる死ぬ老いる産まれる、そういうことが微妙にぼかされているから、みんながみんな少しずつおかしくなって、ますます何がなんだかわからなくなる、ということもわかった。だからこそ、どんな時代でも、生活を続けたいと思うようになった。

それから、他の国とかその生活の感じは行ってみないとわからないことがほとんどだということもよくわかった。予定をたてないで下調べもせず行くのはアホだが、たてすぎるのはもっとアホということもわかった。これは私のなまけた人生にとっては、かなり重要な発見だったと思う。

視力回復！　その1

　友達が視力回復手術を受けてうまくいったので、私も受けてみた。そして、近眼ではなくなった。

　もちろんこれから老眼にはなるだろうし、しばらくは視力も安定しないだろう。でももうこの際なんでもいい、あの、めがねでずっと仕事して耳や頭が痛い状態とおさらばできる！　使い捨てコンタクトは、海の旅行がやたらに多い私にとってはー日に何回も取り替える日があったりしてコストが高く、かさばりすぎだった。さらに去年、レンズが突然目の中でぱっちんと割れたというおそろしい事件（ちなみにその使い捨てコンタクトレンズはもう販売されていません……欠陥品だったらしい）があり、それ以降いつもちょっとどきどきしていたあの不安な気持ちともお別れだ！　正直言って、嬉しい。

私は視力回復手術に適合するかどうかの検査を受けると決めてから手術まであっという間だったので、かなり衝動的な面があったことは否めない。もしも受けたいなら、金額と予算をくわしく聞き、複数の選択肢の中から病院を調べて選び、そこで受けた人からの情報などを綿密に集めることと、手術後には仕事を数日休むことをおすすめします。

私の場合はめがねもコンタクトもかなり厳しい状態に追い込まれてから重い腰をあげたという感じだったので、めがねやコンタクトで大丈夫なら、受けなくてもいいと思う。いろいろなことがまだ個人差の範囲にある新しい手術だから……。

本音の情報を知りたいという人が、きっといるでしょう。手術はなんてことない、痛くもない。でも、やっぱり、目の中で行われていることが全部見えたのはこわかった。そして、なぜか当日より、寝て起きたら痛かった！　もう七転八倒。全く痛くない人もいるらしい。くやしいけど、私は痛かった。痛すぎて自分でごはんを作れず、泣きながら実家に行き姉の作ったちゃんこ鍋をやけ食いしてただ

wild cherry
Skullcap
Common Hop
Sassafras Tree

でさえ中年にさしかかって太い体に一キロの肉が増えた……。

私の行ったところは、いい意味で、先生はもはや人類というよりも目の手術をするためのマシーン。レーザーの機械の延長線上に肉体が存在しているって感じ。手術の数をこなしているので自信と安定感がありましたね。

そして先生が切って切って切りまくっている間に人々の心のケアを受け持っている看護師さんと、手術の補佐をしたりあとの検査などを担当してくださる女医さんの感じのよさは秀逸だった。あの人たちの笑顔を見たら「ああ、失敗ってことがあんまりなくて、みんな笑顔で出ていくところなんだろうな、ここは!」という確信を持った。痛い時は心配そうにしてくれて、目が見えるようになって喜んでいたらいっしょに笑ってくれる、そういう人たちがいると苦しみも恐怖も半分になる。人間って単純だけど大切なことだ。

昔の病院のようないいところは他にもあった。まだ珍しい手術であるせいか、手術前の待合室には奇妙な連帯感が漂い、助け合う雰囲気がある。

それから、私は自分でさえけっこう気軽に受けてるな、と思っていたのに、私の前に手術を受けたおじさんには完全に負けた。出張で東京に来て、飛び込みで検査を受けてみて、手術に適合とわかったので今日そのまま受けることにして、飛行機の時間があるから受けたらすぐに帰ると言う。私はその気軽さにたまげて「いくらなんでも一泊くらいして休んだほうがいいんじゃないですか？」と言ってみたけれど「うーん、でも用事があるからね、飛行機とってしまったしね！」とあくまで気軽。しかもきっちりしたスーツ姿。手術には気楽な服装でのぞみましょう！　とあちこちに書いてあったので私はわざわざすっぴんで来てものすごく汚いかっこうをしていたのに……。お互いにがんばりましょう！　と言って別れたが、彼は、ほんとうにすごい人だと思った。勇気があるのか、丈夫なのか……。女医さんに聞いてみたら、飛行機の時間があるからとやはり麻酔も切れないのに帰っていったという……。彼の言っていたことで興味深かったのは、免許の更新の時にはめがねすらかけたことがない、なぜなら、視力検査の表は、気合いを入れたら見えてしまうから……と言っていたことだ。そんなばかな！　いろいろ気楽すぎ！

そう言いつつも、私もまた、痛くてくやしかったので、迎えに来てくれた夫と意地で北京ダックを食べに行ってしまった。サングラスをかけ、ずっとうつむいて言葉少なく涙ぐむ私に話しかける言葉もない彼……別れ話そのもののふたりの光景に店の人がしだいにひいていってしまったので、いちいち「目が悪いんです」と言いました。痛いけど、そのぶんやはりおいしかった。

そして、これで「せっかく目がよくなったし、春だからやせよう」などと思うのは無理だよと、この文を読み返して、心から思った。あんなに痛かったのに、ちゃんこを食べてその後のぞうすいまでバッチリ食べていた自分を、すごいと思う。

視力回復！　その2

今はもうこうやってパソコンに向かっているが視力回復手術のあとは数日間目を使ってはいけないし、使う気にもならない状態になる。これもものすごく個人差があるらしいが、私の場合は遠視の状態になって手元がかなりぼやけていたし、小さい字を見ると涙が出た。ＴＶもじっと見るといけないので、一日一時間くらいしか見ていなかった。外はすごい春風が吹き荒れていて、ほこりが入ると痛そうなので、出かけるわけにもいかない。

私は待合室で知り合ったおじさんみたいに気楽にはどうしてもなれなかった……。外にでも行こうかな、お昼くらいは食べに行こうかな、近所のオムライスくらいならいいかな、などとぽわーんと思ってもついつい長年きたえあげたネガティブ・シンキングの力で「もしもオムライスのケチャップが目に飛んできたらどうしよう！」とか「向かいに座った人がくしゃみをしてつばが目を直撃！」とかばっかり考えて押しとどめられてしまった。が、この慎重さのおかげで経過は順調だった。あの気軽な彼のその後もぜひ知りたいものだ。

しかし、目を使えない日々というのはものすごく、考えられないくらいに、退屈だった。

退屈が自分をむしばんでいくような感じ……たとえばいつも風邪などひいて安静にしていることはあっても、絶対に何か読んでいるか書いているか、ＴＶを見ているんだなあ、ということにはじめて気づいた。目を使えないと何もはじまらない。

音楽などかけながらじっと横たわっていると、退屈のあまり寝てしまう。寝ても寝ても退屈だからまた寝てしまう。ここまで徹底的に休んだことは、もしかして成人してからはじめてではないだろうか。

私が寝ていると遊んでもらえなくてつまらないから、犬たちも寝てしまう。は

っと気づくと犬が二匹体に乗って犬の字になって寝ている。二匹とも昼間なのに夜中みたいによく寝ている。おじさんのようにいびきまでかいている。犬の重みで動けないので、また寝てしまう。寝すぎて気持ちが悪くなったのも久しぶりだった。犬まで具合が悪そうになってきた。

退屈にのたうちまわって二日目に、はっとした。まるで海外旅行をしているような精神状態に、いつのまにかなっているのに気づいたのだった。

どうせTVを見てもあんまりわからないし、新聞もちょっとしか見ない。そのぶん景色を見たり、町のようすを見たりしている旅行の時のように、活字だの映像だのが制限されただけで、精神がみずみずしくかつ貪欲になっていた。なんとなくゆとりがあっていろいろなものがきれいに見えたり、電話で聞く人の話が面白く感じられた。まるで、いつもの日常がある退屈な我が家にいるのではないような……不思議だった。

そうやって考えてみると、いつも家にいて仕事をしている私は、ふだん一日に本を五冊くらい読み、TVはあんまり見ないけど映画は三本くらい軽く見てしまうし、トイレや風呂の時も読書をして、さらにメールをチェックしたり、ワープロに向かったりしている。これでは視力を保つというほうがむずかしいだろう。さらにそこで使われているのは目だけではないことに私は気づいた。大切な情報をたくさん得ているかわりに、どうでもいい情報の洪水が、目を通して私の脳にはがんがん入ってきているのだ。

それを偶然にも一時的に中断してみたら、頭の中がすっきりした。どうでもいい情報はやっぱり害なのだ、とあらためて思った瞬間だった。どうでもいい情報は人間の意識をなんとなくぼうっとさせるのだ。

今はもう目をどんどん使い、どうでもいい情報ががんがん入れる生活に戻っているが、まるで旅行に行くように、あえて自分から情報と離れる期間をもうけるのは精神の切れが悪くなった時にとても有効だと思った。はじめは退屈にのたうちまわるが、時間が思ったよりもじっくりと流れていっているのを知ることになる。今まで、東京の時間の流れの速さは自然がないからだとばかり思っていたが、それ以外にも、大量の情報の洪水を処理するのに頭が忙しくて時間がどんどんたってしまうということもあるのかもしれない。

一日一本だと思うと、映画を見るのも真剣な気持ちになる。他に娯楽がなくて退屈だから。「『サイモン・バーチ』にするかブリジット・バルドーの『ドンファン』にすべきか……」ケーブルTVの番組表を見ながら、どっちを見ても似たようなものと知りつつもひまなので十分くらい悩んだりして、なんとなく豊かな感じだ。

そうやってひまにまかせてこれまでの人生をふりかえってみたら、「あと一時間でごはん、それまでひまだねえ……。」とみんなで言い合って海を見たこととか、「今日はひまでしょうがないから散歩でもしようか。」と言いながらも恋人と家でだらだらして夕方やっと外に出たら夕陽がきれいだったこととか、いい思い出と退屈の関連が次々に浮かんできて幸せになってきた。あれほど真剣に休むとやっぱり楽しい。

本当に好きってどういうこと

四十近くにもなると、莫大《ばくだい》な数の恋愛模様を見聞きしすぎて、ある程度のパターンがつかめてしまう。なんと無粋な！　私の仕事にルーチンはあってはならないものだというのに……「ああ、この組み合わせね、わかるわかる。でも結局この人のほうがあきるのかな」とか「ああ、このタイプの不倫か……三年かかるかな、決着がつくのには」などと思うのは世にもつまらないし、それが本当になったりすると、腹さえたってしまいます。

それでもその組み合わせは世界に一組、相手は常にお互い世界で唯一。そこだけはかけがえのない聖域ですけどね。

そして意外なことは常に存在する。私のいとこが入籍するらしい。私はそこに至る具体的ないきさつを全然知らないので、もしも本人たちから見たらてんで話にならないくらい様子が違っていても、どうか許してほしい。私の目に映った、私の感動を述べるだけなので！

いとこは私よりもひとつ年上で、ちょっとそこいらにいない魅力的な人だ。行動的で遊び好き、踊りに行くのが大好きで、若い頃は熱心に英語を勉強してずっとロンドンに住んでいた。とても賢いので日本にいる時はいつも外資系の銀行などでコンピューター関係の仕事をしている……のに、いつもGパンで出勤してランチから焼き肉をがつがつ食べている。勤務中にお菓子を食べ過ぎるとしかられて、お菓子の箱を隠されたこともあったらしい。この間も「げてもの食べに行こうよ！」と誘われ、断ったらトカゲ酒を飲ませられた。そんな変人のかっこいい彼女は実はものすごくシャイな人で、自分の恋愛の話は一切しない。昔からそうだった。

私が彼女の夫になる人の話をはじめて聞いたのは十年以上前のことだ。ロンドンから帰ってきたばかりの彼女はすごく嬉しそうにたくさんの写真を見せてくれた。一番たくさん登場していたのは年上でイギリス人の彼。写真の中で彼女は彼と、彼の前妻との子供と笑っていた。あまりにも彼女が幸せそうなので、彼女の親はその設定でもしぶしぶ交際を許していた。そして彼が日本にやってきた。が、やはり異国で暮らすのはいろいろ問題があったのだろうか、彼が体調を崩したこともあって、やがて彼だけがイギリスに帰ってしまった。彼女は日本で会社勤めを続けた。その頃はふたりが別れたのかどうかさえ微妙だったので、私は彼女に会っても質問をしなかった。彼女も話さなかった。馬鹿話だけ。

でも彼女は明らかに、絵に描いたようにしょんぼりしていた。「長い手紙が来たんだけどね。」彼について彼女が話したのはそれだけ。でもその時だけ彼女は笑顔だった。

さらに数年後、彼女はまたもロンドンに行き、向こうで暮らしはじめた。また彼といるのだろうか？　と思っていたら、去年彼女だけ突然帰ってきて新しい会社に勤めはじめた。まさか別れたんじゃ、と思ったけど、やはり彼女は彼についてて何も言わなかったので、聞けなかった。ただ、浅草でものすごい柄の日の丸とか描いてあるトランクスを見て「やっぱりこれは彼に買ってやるしかないだろう！」とか「タイの屋台でタガメ（田んぼにいる虫みたいな奴）を食べ過ぎて彼に『女の子はそんなに食うな』と言われた」とか（しかしなんちゅうエピソードなんだ……）言っていた。

そのたびにいちいち、彼女の顔はぱっと輝いた。彼女はいつも陽気でげらげら笑いたくさん食べていたが、数カ月するとちょっと淋しそうになってきた。

そして彼が日本にやってきた。

すると彼女はとたんにばりばりに元気になった。わかりやすすぎる。

そして私ははじめてその彼に会うことになった。彼はすごくかっこいい人なのに、たどたどしい日本語で「堂本さんよく働いてえらいですね、彼女堂本さん好き。もうおばさんだから！」（これはＫｉｎＫｉ　Ｋｉｄｓの人のことらしい）とか言って笑わせてくれるきさくなおじさんだった。ふたりはぴったりだ。でも何より、彼女がとにかく嬉しそうで「ひとりじゃない」っていう感じだったのが印象的だった。そんな彼女を見たのも生まれてはじめてだった。

どちらも見るからにもてそうで遊び好きそうなそのふたりが遠距離とか国籍とか様々な障害を乗り越えて十年以上続き、本気ゆえに結婚するしかすることがなくなるとは、私にも全く予想できなかった。彼女も決して語りはしない。ただ十年以上の間、その時々の彼女の表情だけが説得力を持って「とにかくあの人が一番好きなんだ」とずうっと語り続けていた。そんな彼女のありかたにほれぼれすると共に、いつもみんなで話している恋愛話があほらしく思えてくる。言葉でならいくらでも言えるしなんとでも繕える。でも、真実を伝えてるのはいつも言葉以外のもののような気がする。

あくまでほめているので、勝手に書いたと怒って無理矢理タガメを食べさせないでください、尊敬するいとこよ。

遺伝かも

原稿を書くために一日ずっと家にいると、夕方なんとなく落ち着かなくなる。目も疲れているし、ずっと外に出てないなんてなんとなくいやな感じがする。何か気分転換でもしようかと考える。時間は夕方五時くらい。この半端な時間に何をしたらすっきりするか？　と考えると、自然と足は夕飯の買い物のために商店街に向かう。私の住んでいるところから駅前の商店街までは歩いて十分くらいかかる。

まず書店に行って新刊を物色し、そのあと喫茶店で三十分くらいじっくりとそれを読む。最近、古びた商店街のど真ん中に突然、信じられないくらいかわいいカフェができたので、嬉しくなりいつもそこに行く。しかし場所柄のせいで、窓の外を行くのはおばちゃんばっかりだ。みんなこちらをじっと見てゆくが「しゃれた店だけどとても入る気になんないわ」と顔に書いてある。ここがパリと違うところであろうか。店の正面は魚屋兼居酒屋で、低く演歌が流れている。それをじっと見つめながら、エスプレッソを飲む私。ものすごく合わない雰囲気だが、このカフェができる前はもっと古くしぶく居づらい喫茶店しかなくて非常につらかったので、とても嬉しい。待ってみるものだ。

お茶をしたらあとは生ものを買う。野菜、肉、魚、果物。そしてちょっと重くなったかごを肩にかけて、さっさと歩いて帰る。

自分が歩いているところが定食屋の入り口のガラスに映っていて、私は何かを思い出しそうになった。この歩き方は誰かに似てるな、そうか、お父さんか。

ものを書く仕事はなんだかんだ言っても家でする地道な作業だ。誰かとしゃべりたくても誰もいないし、一日中ずっと自分の内面とじっくりと向き合っている暗い仕事とも言える。出かけたらもちろん楽しいが、その間もちろん小説は書けない！　書きたいなと思ったら、家で犬猫にもまれて、じっと机に向かうしかない。何回か「炎天下の駒沢公園で陽に焼きながら書く」というのもやってみたが、売店で買える生ビールがすすんでいつの間にか芝生でぐうぐう寝てしまい、気づいたら夕方になっていただけで、原稿は全然進まなかった。

私の父ももの書きで、一日中机に向かっている。ずっとそうだった。私が子供の頃何回かかなり母の体調が非常に悪い時期があり、その間は父が夕ごはんを作っていた。そして父は夕飯の買い物に行くことをすごく楽しみにしているように見えた。仕事に区切りがついて散歩がてら出かけられるのが嬉しかったのだろう。

その気持ち、今ならすごーくよくわかる。

その時期は毎日買い物についていった。子供の頃住んでいたところから歩いて二十分くらいの谷中《やなか》というところに、世にもしぶくてかっこいい商店街がある。商店街を抜けると石段になっていて日暮里《にっぽり》の駅までの広い道があり、その途中を曲がると墓地の中を通っている細い道に続いている。

父は毎日歩いて商店街に通い、夕ごはんの材料を買ったり、コロッケを買い食いしたり、なじみのかつ屋さんのかつをテイクアウトしたり、謎のペットショップの犬をからかったりしていた。その後石段を登って墓地をえんえん散歩したり、根津まで歩いて出たりして、かなり長い距離を歩いた。そうやって一日の煮詰まった頭の疲れを解放していたのだろう。

昼間の商店街は売っているほうの人たちもだれているが、夕方は気合いが違う。いきなり商店街は巨大な生き物になって活動を始める。あちこちで知っている人同士が出会っていてにぎやかで、店先の食べ物はみなライトアップされておいしそうに光っているし、活気があふれている。

頭を使った疲れには、スポーツクラブに行くでも飲みに行くでもなく、散歩してお茶を飲んで、商店街の活気に触れて、何食べようかと今晩のことを考えるくらいがちょうどいいような気がする、そうすれば食後にまたものを書くことができるから……と思うのは遺伝のせいか、職業の種類のせいか。長い間私は犬のように父の夕方の買い物について歩いていたから、夕方の商店街に行かないと、一

日が終わらないような気がしてしまうのかもしれない。なにかが物足りないと感じてしまうのだ。なんだか貧乏くさいが、それが育った水だから仕方ない。来世は夕方にシャンパンをポンと抜く家庭の子に生まれよう……。

父が溺れた後遺症でもう速くは歩けなくなった時、さっそうとすごいスピードで商店街を歩いてゆくあの姿が見られなくなるのか、と悲しく思ったことがある。しかし人間は強いものだ。その悲しみはやがて「でもまだ少しなら歩けているし」「なんといってもまだ生きているしよかったよかった」「ぼけてないのが嬉しいかぎりだ」というふうに、現状を受け入れて慣れていく力につながっていった。くよくよしてもろくなことはないのだ。そして思い出は永遠に消えないのだから。

男と女の間にはやっぱり

大人になると、後から社会的につくられたいろいろな性格や、性質や、職種、親からの影響や好みなどで男女の差というものはそれぞれに味付けされたものに変化していると思う。個人差、と呼ぶにふさわしい程度にしか、性差はなくなってきている場合もある。

女でも力強く頼もしく男のような人もいるし、男でも箸より重いものは持たない感じの人はたくさんいる。男らしいおかまはたくさんいるし、きっぱりしたレズの女役の人もいっぱいいるし、きれい好きで女よりもずっとおしゃれにまめな男もいるし、がさつでめったに着替えない女もいるし、何がなんだかわからない。いざという時に動じないのが女という気もするし、意地悪とか仲間はずれにするとかそういうことをはじめると、男のほうが百倍暗くてねちねちしているのも確かだ。でもだいたいは個人差の範囲でなんとかなってしまい、性差もかなり薄まっていて、役割分担もカップルそれぞれに違ってきているのが、現代日本社会の男と女っていう感じがする。

先日、カウンターで天ぷらを食べていたら、無口な男の人とよくしゃべりよく食べる女の人とが少し離れたところにいた。

「たくさん食べてくれたほうがごちそうしがいがあるでしょう？　あ、私も穴子くださーい！　それでね、ゆうちゃんがね、その仕事には不満があるっていうわけ、それからさ、世の中のお父さんっていうものは、たいていそういう考えで動いているものなのよね、ついに来たか、と思ったわけ、ところが……」という感じでかわいいお話がえんえん続くタイプのおっとりした、身なりのいい、女らしい笑顔のおじょうさんだった。ところが、彼女が話し、彼がうなずきながら天ぷらに箸をのばし食べたその時、突然その男の人の差し歯が抜けたのです。

「あ！　歯が抜けた！」思わず叫んだその人の声に、天ぷらを揚げていたその職

人さんも、他のお客さんも私もびっくりした。

ところがそのおじょうさんは、抜けた歯をちらりと見て、

「それって差し歯でしょ？　大丈夫大丈夫、明日病院へ行きなよね。それでさ、続きだけど、その人なんて言ったと思う？　なんと……」と全然動じずに話を続けたのだった。その動じなさにまわりじゅうの人々は度肝を抜かれた。そして、当然だと思うが、その彼は歯が気になってしばらくうつろだった。返事もどことなく生返事になってきた。すると彼女はそれまでのかわいらしい口調からがらりと変わってびしっとした口調で、

「ねえ！　人の話聞いてる？」

と言ったのだった。すごい。

でもまあだいたいこれが女というものだろう。自分も含めて。

それにしてもそういう性質がもともとのものなのか、後から学んでいったものなのか、それはやっぱり個人差もあってよくわからないのだ。男女を分けて考えるのもあんまり好きじゃない。

それにしても、やはり決定的な違いがあると思わざるをえないことがひとつある。これは、世の中のお母さんにとってはもう体で知っている自明のことだと思うので、くだらないと思うかもしれない。でも私には子供がいないので、これでしか実感できなかった。

その違いは、特に子供の時の、遊び方の違い。エネルギーの違い。これだけはもう、絶対的に男と女は違うと思う。

私は今まで実家を出てから自分の責任で犬四匹、猫三匹、亀三匹を育ててきた。みんな赤ん坊の時にうちに来た動物たちだ。

そのうち雄は犬一匹、亀一匹、猫一匹。

それほど種が違っているのに、なぜか彼らには共通点がある。遊びだすと、どうにかなるまで突き詰めて遊んでしまうのだ。その時のエネルギーの強さ、集中する力といったら、部屋の空気がぐんと動いて変わってしまうほどだ。そして雄の子たちは、必ず遊び疲れてその場でばたりと倒れて寝てしまう。ごはんの皿に顔を埋めて寝てしまうことさえある。雌にはそういうところはない。どこかにいつもちょっと余裕を残している感じがある。

しかし雄のそのむこうみずな力は、大きくいろいろなことを展開させる。雌同士（含む私）でまったりと、だらけた雰囲気で生きている時には絶対に起こりえない大きな事件がそのむちゃくちゃな行動、とにかく行動するのみの力により次々ひき起こされ、空気がどんどん動いていく。それが男性性の持つ力ではないだろうか。そのできごとに対応するたびに、こちらのキャパがやむなくどんどん広がっていくのがわかる。これが女性性ではないだろうか。

そしてもうひとつ、雌は具合が悪くなるとそっと寄ってきて甘えはするが、やがてじっくりと部屋のすみで静かにしてひとり治そうとする。でも雄は違う。「おかあさーん！」と全身を投げ出して甘えてきて、治るまでずっと甘えっぱなしなのだ。

これも、なんとなく人間にも当てはまるような気がする。

兆しというもの

よく彼氏ができないと言って嘆いている人がいるし、出会いがないと言う人もいるけど、それは単にエネルギーが活発でなくて、ものごとをひきよせる力がない状態なのだと思う。もしもある程度エネルギーが発散している状態なら、兆しを読みとるのは簡単だと思う。

これまでにいろいろなことを経験したが、私の場合は、どう考えてもこの法則があるとしか思えない。名づけて「直前に似たものが来る法則」。

わかりやすくたとえると、不動産。よいマンションが見つからないかな、と思っていろいろ物件を見る。大前提として、自分が住みたいのがどういうところか、何を重視しているのかを把握していなくてはいけない。私の場合はいつも陽当たりが重要だ。立地よりも何よりも、部屋に入った時の陽の感じ、一日に窓の外の景色がどう変化していくか。それから、自分がその部屋に入った瞬間の感じ。もちろん何を大切にしているかは人それぞれ違う。問題は自分がどうしたいかわかっていないと始まらないということだ。私は親しい不動産屋さんに「一日家でする仕事なのだから、夕方西陽の入りすぎない部屋がいいですよ」と本気で説得されたこともあったし「まだ建っていないマンションで、今すでに申し込みが殺到している。すばらしい場所にあるが、間取り図でしか見せられない」と言われたこともあった。人間というのは、何かを探している時、必ずとっても弱気だし、自信を失っているからかなり揺れる。でも自分のゆずれない点がはっきりしているので「いや、一日中なんらかの形で陽が入っていないと」とか「自分の足で部屋に立たないと気がすまなくて」とちゃんと言うことができた。

そうやって見ていくと、本命の部屋は一発でわかるから別として、その直前になると必ず「近い！　ちょっと迷う！　でも違う！」という部屋がどんどん出てくるのだ。そこで妥協するのも人生だから一概には言えない。でも人それぞれ法

則はきっとあるはずだ。自分にしかそれはわからない。私の場合、面白いくらいに次々とやってくる「近い！　が、違う！」を見た後に、その活気にのったかのようにある日突然ずるりと本物がやってくる。いずれにしても目が血ばしってせっぱ詰まっていると、何事もこちらには来てくれない。

で、この話全てを男女に置き換えても、なんの違いもない。

それからたまに「あーあ、秘書補佐にハルタさんみたいな人はいないだろうか？」と毎日思い悩んでいたらなぜかハルタさんが突然関西から引っ越してまで来てくれる、というようなそのものズバリ、大ラッキーの時もある。その場合の兆しはハルタさんが一日何回も頭に思い浮かぶということでした。

でも付随してちょっと切ない事件も起こる。

少し前、事務所の車の運転をしてくれる運転好きの人を捜していた。結局若くて働き者で体力もある人柄のいい青年を紹介してもらってすごくよかったのだが、その過程でやはり何人かの「近い！　違う！」にめぐりあった。

その中のひとりに、ちょっとした知り合いでスカウトしようと何回も思ったのだが「運転があまり好きではない」と前に言っていたのと、彼のその時の仕事がかなりの高給で、そんなには払えないのであきらめた人がいた。明るくて人柄がよくて働き者というところとか、なんとなく感じが今雇っている青年に似ているところが「やっぱり」と思わせた。その頃、そういう人と何人も知り合うようになって「近い！　もうすぐだ！」と思っていたのだ。今働いている青年に一番近い線まで行っていたのがその人だった。

ある日、その「近いけど違った」人は、急に転勤することになった。

お互いになんとなく、すれ違ったが近かったかもしれない何かの縁というものを感じていたのだろうか、ほとんどしゃべったこともないのに「転勤が決まってみると淋しいです」「いろいろよくしてくださりありがとうございました」と会話をしていたら、なんだか本当に淋しくなって、お互いに涙ぐんでしまった。

もしかしたら毎日共に働いたかもしれないのに、もう多分二度と会わないことになってしまうとは……って、私が勝手に心の中でスカウトしていただけなんだけど、何かが通じ合っていたのだろうし、それが彼にも伝わったのだろう。

ほんの少しの違いで、縁とはすごく強固であったり、さりげなかったり、いつもそこにあるようでいて急に失われたりするものだ。だからこそ、兆しをしっかりと読みとりたいし、今いっしょにいる人といつまた会えなくなるかもしれないのだから、楽しい時を過ごしたい。そのためには何よりも体調を整えて、流れに敏感でいることだと思う。

高知のことなど

帰省中の友達をたずねて高知に行った時、はじめはなんということなかった。南のほうの都市だなあ、という感じで淡々と観光していた。

まずはっと目が覚めたのは、普通の道の真ん中にシュロとか椰子《やし》がばーんと立っていて、透明な強い光に照らされているのを見た時だ。すごいなあ、南だなあ、と思った。季節も夏近くてよかったのだろう。なんだかすばらしいところだと感じた。

そして帰ってきてしばらくしたら、まるで恋でもしたかのように胸の中があの開放的な景色の数々でいっぱいになっていた。どかんと勢いよくやってくる夕焼けや、それで町じゅうがオレンジと金色であふれるところ。どんな小さな居酒屋でも新鮮で安い魚が食べられるところ。喫茶店でコーヒーを頼むと必ずあとで熱いお茶が出てくる気前のいいところ。人々のおおらかさ。きっと住んでいたらいろいろたまらないこともあるのだろう。どこの土地でもそれは同じだ。でも、高知には東京にはないものがたくさんあふれていて、私はノックアウトされてしまったのだ。

夕焼けが終わったばかりでなんとなく空気が新しくなったような夜の中を、友達とてくてく歩いてごはんを食べに行った時も、盛り場の空気が東京みたいによどんでいないのにびっくりした。屋台では老若男女が入り乱れて楽しそうにラーメンを食べていた。なんだかいつまでも夜の楽しさが続きそうな、そういう感じがした。

あの気候はシチリアにもちょっと似ている。夕方の力がとても強いところでは、人々がちゃんと一日を終えることができる。そしてそこの出身の人たちに、生涯消えない力をさずける、そんな感じがする。

いっしょに東京から行っていた子が風邪気味で急にトイレに行きたくなった時、

高知城のまわりの公園をずっと歩いてきた長い散歩道を、高知の友達はためらいなくひきかえした。「そういう時は体に合わせなくっちゃ、どこかお店に入りましょう。急いだってしょうがないわ。おなかのほうが大切よ！」友達は言った。そのおおらかな心はその土地に妙にしっくりきた。

少し前、広末涼子さんがいろいろ思い悩んでいたり、人生の試練を迎えているのではないか、と推測する記事があちこちに載っていた時期があった。そうか、とよく事情を知らない私も思った。

高知に行った時、私は友達と商店街を楽しくコロッケなどかじりながら歩いていて、たまたま広末さんの実家を見たことがあった。「ここが広末涼子の実家だよ。」と友達が言った。それはなんだかかわいい雑貨屋さんだった。そうか、こんな感じのいい街で彼女は育ったのか、と私はなんとなく納得したものだった。さらに友達は広末さんのおじさんにあたる人と若い頃ちょっとつきあっていたことがあると激白！　世の中は狭い。

そんなある記事の中に、広末さんの担任の先生がコメントしているものがあった。週刊文春の二〇〇一年七月十九日号からそのまま抜粋する。

「涼子をバッシングするのはけしからん。二十歳になって朝帰りしたらいかんのでしょうか。それを書き立てるほうがおかしいと声を大にして言いたい。涼子は天真爛漫なまま、誹謗中傷のうずまく芸能界に飛び込んで苦労している。辛いことがあったら一緒に唄った『オー・シャンゼリゼ』を口ずさんで頑張るんだ。」

なんて、さわやかで、力強く、シンプルで、しかも教師らしいすばらしいコメントだろう。声が聞こえてくるみたい。私が広末涼子だったら号泣しているだろう。そして、この言葉の中には、私が高知で会ったいろいろな人たちのいいところがみんな入っている。たまたまいい人たちに会ったのかもしれないけれど、みんなこういう感じだった。飲み屋で知り合った人も、友達の家族も、友達の昔のボーイフレンドも、友達の親友も、誰も彼もがその景色のように素朴で豪快で優しかった。そのことを思い出して、私まで励まされてしまった。

ところで全く話は変わりますが、こういう時の知り合いのコメントにもいろいろあるが、今まで最高に笑ったのは周富徳の「彼はいっしょに記念写真を撮る時に乳をもんだ」と女の人に訴えられた疑惑に対して、周富徳の親友が「あいつならやるだろう！」と言っていたことだろう。普通、親友って、逆じゃ？

私も人前で何かを発表する仕事だから、誤解はつきものだ。だからこそ人目を気にしないでやりたいことをやって、なんと批判されても気にしない覚悟を、むつかしいけれど持っていたい。それでももしも何か人に誤解されるようなことをしでかしてしまった場合、この担任の先生のように、誰かがさわやかで力のこもった素朴な言葉をくれるような、そういう人生を送っていきたい。

そして、親友には特に「よけいなことは言うな」と言いふくめておかねばなるまい。

エスプレッソの秘密

友達のイタリア人アレッサンドロくんが本を出すことになった。誰にとっても面白く読みやすい比較文化論の本になりそうで、楽しみだ。

ある午後私たちは、その本について具体的ないろいろなこと……タイトルとか表紙とか帯とかの話をしていた。その本の中で日本のエスプレッソを採点するというコーナーがあり、彼はこのところ毎日、東京じゅうのいろいろなところでエスプレッソを飲みまくったのだそうだ。どこがおいしいとか、まずいとか、辛口すぎる採点は大丈夫だろうか、とかいう話になった。私は正直に、どこがおいしいかを知ることで、イタリアに行ったことがない人でも「この味はイタリア人がおいしいと言っている味か」と思えるし、あまりおいしくいれていない店はもしかしたら反省しておいしくなるかもしれないから、辛口でも本当のことを知りたい、と言った。そのやりとりの中で、この発言は出た！

「今や機械は日本じゅうどこにでもあるし、十年前にはほとんどなかったからすばらしいことだけれど、おいしいいれかたをしている店は本当に少ないんです」

とアレちゃんは言った。

「なぜなら、機械でいれるための豆と、エスプレッソ用のポットでいれる時の豆は厳密に言えば、挽《ひ》き方が違うんです」と。

私はその瞬間本当にがーん！　となった。そんなこと全然知らなかった。


今まで何回もイタリアに行き、百杯以上はエスプレッソを飲んだ。

田舎町で日本人を見たことのないおじいさんたちにじろじろ見られながら飲んだこともあるし、トイレに駆け込みついでに一杯、ということもあったし、眠くて仕方なくてそれを振り払うために何杯も飲んだこともある。事務所の慶子さんと夜遅くにダブルのエスプレッソを頼んで「なんという強い女たちだ、こんな女

たちを連れている君たちは大変だろう！」と店のおやじにしみじみ言われ、連れの男たちもみんなうなずき、もてない度をアップさせたこともある。

だからあの味はもうイタリアの記憶と共に体にしみついている。あのつらさ一歩手前の苦み、ほのかな甘み、砂糖を入れると別の飲み物になってしまいまたおいしいこと。

はじめは「ううむ、本場は苦い」などと思っていたのに、やがて向こうにいる時午後になって一杯のエスプレッソを飲むと、何かが切り替わるようになってきた。バールにちょっとだけ立ち寄って、エスプレッソをさっと立ったまま飲んで、また歩きだす、あの気持ちは他の飲み物では絶対に感じられない。それからあのおいしくも脂っこい食事でおなかがぱんぱんになった時、エスプレッソを飲むとすっと落ち着く。旅館で日本茶を飲まないと落ち着かないのとか、中華のあとのジャスミン茶やプーアール茶と、きっといっしょだろう。セットになって文化に組み入れられている飲み物だ。

でも、日本でいれると何かが違う、濃さでもないし、なんだろう？　とずっと気にしていたことだった。私はわざわざ機械まで買って、いちばん好きな粉もちゃんとエスプレッソ用を買ってきて、しっかりといれた。でもなんだか粉っぽく、こくがないように思えた。何回いれてもそうだった。

「今売っている粉はポット用の粉であることが多いです。だからポットでいれればおいしくはいると思います。イタリア人はたいてい、ポットでいれますね。で、機械をわざわざ買っても、それはカプチーノのためだけということが多いです。そしてやがて面倒くさくなって、結局機械は棚の上のへんに置いたままで、ほこりだらけになって、もっと面倒になって、いつもポットを使っていれてしまうようになるのです。」

アレちゃんは言った。

それはまさにうちの今の状態だった。機械だと全てを毎回洗わなくてはならず、特に牛乳を使ってカプチーノを作った時が大変だ。水も毎回換えなくてはならない。だんだん面倒になってきて、しかも粉っぽくしかはいらないというのもあって、今や高いところに置いてあり、猫が上に乗ったりしている。

「まさにうちは今、その時期を迎えているよ、全くアレちゃんの言うとおりの状態だよ。」

と言ったら、

「すばらしい、もうばななさんはイタリア人そのものです！」

とほめられた。そんなほめられ方ってなんだかちょっと悲しいけど。

それで、早速今家にある粉を使って、ポットでいれてみたら、なんと思った通りの味になった。

長年の悩みが一瞬でなくなるなんて、なんとすばらしい！

そしてこれを読んで「そうか！」と思ってすぐにおいしいエスプレッソに再会できる人が多いことを祈ります。その場合、浮いてしまった機械は……そうです、カプチーノをいれましょう（苦しい感じ）！

日々に学ぶ

私はけっこう神経質で、ちょっと近所を回ってくるだけの犬の散歩の時にも「犬が車にひかれたり、走って逃げちゃったりするかもしれないから念のため携帯を持っていこう、それに、何か急に必要になるかもしれないから、お金もちょっとは必要かな」なんて思って、いつのまにか重いバッグを持って出かけたりしていた。大型犬だから本気で引っ張られたら制御できないという弱みも手伝っていたが、とにかく備えあれば憂いなしの精神だった。

ある日たまたま「ほんの一瞬だからいいか、手ぶらで」と思い、夫といっしょに犬の散歩に出かけた。手ぶらな上、なんとねまきで。これもまた極端だが、そんなふうに犬の散歩に行ったのは、本当にその日がはじめてだった。

それで私たちは犬が出したウンコだけをビニール袋に入れて、近所の公園のあたりをぶらぶら歩いていた。

すると何回も同じおじいさんに会う。浴衣《ゆかた》を着ていて、前がちょっとはだけていて、同じところをぐるぐる歩いている。

何回目かに目が合った時、おじいさんは私に言った。

「いい犬だね、大きな犬だ。二匹もいて、大変だ。」

夫がたずねた。

「おじいさん、おうちはどのへんですか？　歩いてきたんですか？」

え？　え？　と何度も聞き返すおじいさん。やっとこちらの言っていることがわかった様子で、大きく目を見開いて、

「あの、大きな木のところに昔家があったんだよ、それで、そのあと越して、わからなくなっちゃったんだ。ずいぶん歩いたよ。」と言った。

私「ずいぶん歩いたんですね？」

おじいさん「そう、すっかりわからなくなっちゃったよ。その大きな木のところまで来ればわかると思ったのに、家がないんだ。」
私「そうですか……。」
おじいさん「立派な犬だね、大きい犬だ。高そうな犬だ。」
私「えへ、そんなでも……（何言ってるんだか）。」
おじいさん「じゃあね！」
じゃあね？ って、と私と夫は顔を見合わせた。後をつけていくと、おじいさんはまたそのへんを一周して、また木のところに戻ってきた。私たちはもう一度声をかけて、おじいさんの持っている杖《つえ》を見せてもらった。するとそこにはばっちりと住所と電話番号が書いてあった。前にもそんなふうに家を出てしまったことがあるのかもしれない。
そこで夫がとりあえず犬を家に置きに行き、車を出して地図を見ながら送っていこうということになった。待っている間、私はがんばっておじいさんをひきとめていた。おじいさんは「車に乗せてくれるの？」と小さい子供のように不安げに言った。

「いいのかなあ。でも、疲れちゃったからなあ。すっかりわからなくなっちゃったんだよ。ばかになっちゃったんだよ。あの大きな木のところに家があるはずだったんだけどなあ。」

夫が車でやってきて、私はねまきで、犬のウンコを持ったまま、浴衣のおじいさんといっしょに車に乗った。

おじいさんの家は案外近くて、今住んでいる家を見たらすぐに「ああ、ここだ!」と言いだした。中からは不安げな家族がぞくぞく出てきて、さんざんお礼を言われた。でも私はねまきですっぴんで毛もぼさぼさだったし、車も路上駐車していたので、あわてて「じゃあおじいさんまた!」と去ろうとしたが、熱心に住所を聞かれた。「いや、名乗るほどのものでも」と言ったがだめで、やむなく答えたら後から家族がお菓子を持ってきてくれた。あのおじいさんはとりあえず愛されている、とほっとした。

それにしても、いつもだったら携帯を持っていてすぐ連絡できるし、お金もあ

るからタクシーも使えた。でも、その日は何も持っていなかったのに、なんとかなった。夫がいたというのももちろん大きいが、どうとでもなるんだなあ、ということを身をもって悟ったというのが一番近い感じだ。あのおじいさんが「突然すごい設定のことが起きるのが人生だが、なんとかなるものだ」というのを教えてくれたような気がする。

それから私は近所に行く時は身軽にして出るようになった。私のフットワークが軽いので、犬も楽しそうだ。

そしてその公園の大きな木を見るたびに思う。

お嫁さんだか娘さんだかは「きっとデイケアセンターのすぐ近くだから、おとうさんはそっちのほうまで行ってしまったんだわ。いつも遊びに行くものだから。でも今日は日曜で開いてなかったから、途方にくれてしまったのね」と言っていた。

それも事実だと思う。でもおじいさんは、きっと帰りたかったのだと思う。木のある家にいた時代に。あのおじいさんが昔住んでいた家はどういう家だったのだろう、もうないのに、そこに帰りたくて仕方なくて歩いてきてしまった幻の家は。公園の木は驚くほど大きく、おじいさんはそこに手をついてじっと上を見ていた。それを思うと、いつも少し胸がきゅんとなるのだった。

下町と平和

ものごとのちょうどいい着地点というのはむつかしいものだ。それはたぶんまず誰か個人……しかも年輩の人が確信を持って行い、地域の共同体に根付いていくものだろう。その中にはまだ若い私にとってうっとうしいものももちろんあるが、尊敬できるものもある。

昔住んでいた近所の家のおばあちゃんは考えがものすごく開けている。この間も留学中の孫娘の彼氏がでっかいそして黒いアメリカ人だったことに少しも動じず「むこうで孫を家族同然に世話してくれるからありがたいわ、彼のお母さんもすごく優しいの。」と言っていた。それってお話としては受け入れやすいけれど、おばあさんになってから自分にそのできごとが降りかかってきたらなかなかできないことだ。

そのおばあちゃんの家のわきにぼろぼろのアパートがあり、一人暮らしのおばさんが住んでいた。おばさんはいつもいつも一階の窓から半身乗り出すような感じで外を見ていた。そして通るたびにあれこれと声をかけてくる。はじめはかなわないなと思ったが、まるで風景のように自然だったのですぐに慣れて、いないと淋しいほどになった。ある時、その地域の一部が断水になり、そのおばさんは前述のおばあちゃんの家に毎回トイレを借りに来た。「あたしがいるようだったらいくらでも声かけて、トイレを我慢するのがいちばん体に悪いのよ！」とおばあちゃんは言い、おばさんは遠慮なくトイレを借りて、またそのアパートに戻っていった。これも話に聞くと簡単だけれど、近所のぼろぼろのアパートに住んでいる親戚でもないおばさんに毎回トイレを貸す……なかなかできないことだと思う。おばあちゃんはおばさんにしょっちゅう言った。「あんたがいてくれていると、安心よ、泥棒もこの路地には入ってこないわ。」

やがておばさんはどういう事情かわからないけれど越していった。おばさんのいなくなった窓を見るたび、おばさんがここに住んでいる間、たとえ小さくてもそこには役割があり、その存在が受け入れられていたことを思う。そして、おばあちゃんの人生に蓄積された目に見えない、悔いをのこさないその豊かなものに思いをはせてしまう。

この間、奈良県のN湯というスーパー銭湯みたいな温泉に行った。私の体には二カ所に小さな入れ墨があって、それを隠さずに入浴しようとして追い出された。確かに「入れ墨の人は入浴お断り」と書いてあるところに隠し忘れて行ったのは私が悪かったと思う。でも、そこの人たちは「見つけてしまったから、たとえ今からあなたがそれを隠しても、入れ墨を入れているような人だと私たちにわかっているから、入浴を許さない」と確かに言った。そして、もしも本職のやくざの人でも、入れ墨をしっぷなどで隠してあって、その人たちに気づかれなければ入浴を許すし、見えていれば私の職業がなんであれ、だめだと言った。いつから、

銭湯の人が人の品格をさばいていいっていうことになったんだろうなあ？　と私は思った。

その人たちは、すっ裸でいる私を糾弾して、服を着るまで見張り、いっしょに行った連れがたくさんいたのに彼らの入浴中はロビーで待つか出ていけ、と言い、さらに「返します」と言ってむきだしのお金をつまんで持ってきた。

いつからこんな収容所なみのことが許容されるようになったんだろう？　とも思った。賄賂にまみれたアルゼンチンの国境の兵隊でさえ「女性だから」と荷物をチェックするのを許してくれたのに。もちろん、暴行や虐殺……もっとすごいことがこの世にはいっぱいあるだろう、なにせ今は戦時下だ。でも、平和を誇りとして選択したはずの国の中で、こんな本末転倒なことが起きている。平和ぼけとはこういうことなのかもしれないな、と思った。

ぜひ日本じゅうの入れ墨の人に体じゅうにしっぷを貼って、あの湯に行ってみてもらいたいな……。本当に許すのか、はたまたついに裸の人のしっぷをみんなの前ではがさせるのか！

そしてもしもその人がやくざだったとしても、迷惑に暴れていないかぎり、裸の人をみんなの前で追い出す代わりに、そっと別室に呼び出すことはできないのだろうか？　そして入れ墨を何かで隠してもらうか、職業を証明するものを見せてもらい、迷惑をかけないことを約束してお風呂に入れてあげることはそんなにむつかしいだろうか？　だめなら、連れを待つ間、別室でお茶を飲ませてあげたり、もしもお金を返すとしてもせめて封筒に入れて持ってくること、それはそんなに頭を使わなくては判断できないことだろうか？

それが人権を考えることであり、人間の持っている知恵を使うために頭を働かせることであり、ひいては平和を貫くということだと思う。こんな時代だからこそ、そういうことを大切に生きていきたい。

下町のおばあちゃんたちに接してきたことが、今となっては宝だと思える。

そしてまたエスプレッソのこと

十二月、仕事で久しぶりにナポリやカプリに行った。

南の、海があるあたりはイタリアの中でも私が最も好きでしょうがない地域だ。もちろんすばらしい旅だったし、ナポリの美しい夜景と共に、宝石のように輝くエピソードはいくつもよみがえってくる。

親友の陽子ちゃんとホテルのロビーで久々に再会して、抱き合った時の髪の毛の懐かしい匂いとか、夫が着いた夜の空港にこれまた親友のジョルジョとタクシーを飛ばして迎えに行ったこと。カプリの空は抜けるように青くて、宮崎駿《はやお》の映画みたいに白いカモメが上昇気流に乗りながら、天高く舞っていたこと。スパッカ・ナポリで夕暮れのにぎわいの中、クリスマスの飾りの店をひやかしながらゆっくりと観光していたら、いっしょに対談会をやった大上先生が急に道から出てきて秘書の慶子さんとなぜかおかしくてしかたなくなり、大笑いしたこと……。

しかしなぜか、一番印象的な思い出として残っているのは、ナポリの前にちょっとだけ滞在して仕事をこなしたローマのことなのだ。なんで？　と私が聞きたいくらいだけれど、これればかりはしょうがない。

しかもその思い出の中心にあるのは、パンテオンの近くの店のエスプレッソとカプチーノの味なのだ。

そのお店の名前は日本語だと「金の茶碗」。ジョルジョに教わってはじめてその店に行った時、そこには歴史のある特別な店にだけある、きりっとした緊張感が流れていた。店の人たちがみんな自分の店に誇りを持っているという雰囲気だ。そしてきびきびと口数少なく働くおじさんたちがいた。全体が清潔で無駄がなく、飾り付けは上品で重厚だった。おじさんたちは次々にカップを並べ、機械のように正確にエスプレッソやカプチーノをいれまくっていた。カウンターにお客は常に満員で、がんばってわりこまないと砂糖も入れられないくらい、いつでも活気にあふれていた。

　そこのエスプレッソは考えられないくらいおいしかった。生まれてからあれほどおいしいエスプレッソを飲んだことはない。驚いてジョルジョに聞くと「豆が特別なんだと思う」と言った。こくがあって、苦みも充分あるのになぜか甘く、ココアのように濃厚なのに、さっぱりしていた。そしてなんだかおいしい食事を食べた後のような充実感が残るのだ。「これはおいしいね！」「おいしいでしょう」「おいしいおいしい」私たちはばかみたいにそんなことばかり言い合った。エスプレッソは一日のいろいろな時間に一瞬の句読点をうつためにだけある。立ち飲みでさっと飲んで、また街へ出かけていく。あんな味だったら心はそのつどほっと満足して、そのあとできりっと切り替わるだろう。

　イタリアでは朝エスプレッソを飲むことはないので、それから毎朝私と慶子さんはホテルからさほど遠くないその店に歩いて通い、カプチーノを頼んだ。

　そのカプチーノの泡の立ち方といったら、これもまた芸術的だった。

かたくて目が細かい、まるでクリームのような白い泡がかすかにコーヒーの上

にのっているのだが、それが熱いコーヒーと混じり合うと、何か特別な飲み物に変わってしまうのだ。それは普段知っている、うずたかく大きな泡がふわふわとのっているちょっと冷めた飲み物と、全然違うものだった。何のためにコーヒーの上に泡立てたミルクなんかをのせるのか、その意味がはじめてわかるという感じがした。なめらかで、まろやかで、コーヒーとミルクがきっちりと一体化するのだ。

「カプチーノもおいしいね」「おいしいですね」「本当においしいね」ばかみたいにまた私たちは言い合った。

夫が来る前だったのでローマで私は一人部屋だった。

その小さなホテルはもと修道院で、静かでとても居心地がよかった。壁が真っ白で天井の高い私の部屋には小さいテラスがついていて、時差ぼけで朝の八時に目が覚めていた私は毎朝そのテラスに出て、そこにある植物たちを眺めた。息が白く、顔が冷たくなったけれど「朝の空気は新鮮なもので、一日のはじまりにはこの空気を吸わなくては」という気持ちを久しぶりに味わった。雨上がりの歩道が濡れて光っていた。テラスの反対側に回ると、教会が見えた。古代の遺跡の上に建てられた、小さな教会だった。教会の前の小さな広場にはベルニーニという有名な彫刻家が作った小さい象の像があって、その前をたくさんの人が行き交っていた。通勤する人たち、朝のお祈りをするために立ち寄る人たち、神父さんや尼さんも歩いていた。

そしてあの店のことを思うたびに、私の中にはコーヒーの味だけではなくて、テラスで教会を眺めていた時の感じ……少し寂しいような、充実しているような、一日のはじまりの感じや、新鮮な朝の冷たい空気までもがいっしょによみがえってくるのだ。

ターニングポイント

ある夜のことだ。私は知り合いの店に飲みに行った。

その頃私は、五年間も同棲していた男の人と将来の進路がどうしても折り合わないという事情で別れたばかりなのに、なぜか突然つきあいはじめた他の人と結婚をひかえているという状況で、実に複雑な落ち込み方をしていた。

東京じゅうに思い出がしみこんでいるので、外出するたびに涙が出る。それでも新生活はようしゃなく続いていた。毎日が新鮮で楽しいのだが、苦しみはそれとは別物だ。まあその最悪の設定になるまで自分が腰をあげなかったむくいとといえよう、と思ってじっと耐えていた。

そういう別れでついた心の傷はえぐられるように深く、多分永遠に消えない。そして自分で決めてしたことだから、言い訳もできないし、悲しいとか淋しいとか人に言うこともルール違反だ。とにかく私はひそかに、深く、苦しく落ち込んでいた。今思い出しても目の前が暗くなるほどの落ち込みだった。

その時の飲み会の私以外のメンバーは、その店の男のママと、私の事務所の子と、昔婚約していた編集の人と、私の大親友だった。私はその話題を出したくないと思っていたのだが、別れた恋人と共通の知人であるその店のママが「あんた、どうするの！　このあいだこの店に来たけど、昔の彼はすごく落ち込んでるわよ、このままだとどうなるかわからないわよ！」と言いだした。私は「でもねえ、しょうがないよ」としか言いようがなく、明るくふるまうのがつらいな、来なければよかったな、なんて思っていた。

しかしその瞬間、話が目の前で私を置いて、するすると展開していったのだ。

事務所の子「なんと言っても先生はもう幸せになっていいんですよ！」

元婚約者「もう彼には会わないほうがいいよ、絶対、俺はそう思うな。」
親友「そうなのよ、あたしも考えちゃってさ……、でもまほちゃん（私の本名）は何も悪いことしてないのよ。」
ママ「とにかくまほちゃんは、今の生活を確立させていくのが大切なのよ、それ以外は考えちゃだめなのよ！」
元婚約者「でもとにかく今はどうしたらいいか対策を考えないと。」
一同「うーん……。」（腕を組んで思案）
そして私が一言もコメントしてないのに、みんなが私の幸せについてあれこれと語り合いはじめた。もちろん話題はすぐに変わっていつものエロ話になっていったが、あの瞬間のみんなのまじめな目と、前にかがんで話し合っている姿勢を、私は一生忘れないだろう。

今まで「与えること」に必死で、愛を受け取ることには謙虚であろうと思いすぎていた実は傲慢な私にとって、それは最大のターニングポイントとなった。

深い落ち込みが私の偽の謙虚さの虚飾をはがしていたのだろう。なぜか私は生まれて初めて「もしかして私、みなに愛されている？　そしてそれを認めるのは悪いことではないんじゃないか？」と思い、これまでのように「いやいや、人に甘えてはいけない」なんて意地をはらずに、すうっと素直に深いところで受け入れたのだ。

あの瞬間以来、どことなく人生の質がいいほうに変わったような気がする。

気品と風格

この前イタリアに行った時、八十二歳の映画監督に会った。私の小説をとても愛してくださり、ついでに熱烈な愛を告白され、ちょっと嬉し恥ずかしかった。話している途中で椅子があいたので、私と秘書の慶子さんが同時に「どうぞお座りください」と言ったら、彼は「何で俺が座るんだ？」と言った。

彼にとっては男であることがおじいさんであることより優勢で、女性を立たせて自分が座るということはありえないのだ。

「私はもう結婚しているので、愛を告白されても困りますよ」と言ったら、「それがどうした、私だって四十年以上結婚しているぞ」と言われた。それを言われちゃもう、年数でとにかく負けました！　と笑ってしまった。

友達のイタリア人、アレちゃんのお母さんとおばさんはふたりとも未亡人で、多分六十代。いつもいっしょにバカンスを過ごしている。

スペインには六回も行ったわ、今度はどこに行きましょう、と話すふたりは自分の楽しみと孫と遊ぶ楽しみを全然区別していなかった。はじめての東京ではサルサバーに踊りに行ったり、目をきらきらさせてやはりはじめてのフカヒレやピータンを食べていた。

おばさんは大学の講座に通いはじめ、救急の蘇生術を含むいろいろな講座をとって勉強しているそうだ。

「これからはまわりに年寄りが多くなるし、必要だと思ったのよ、とても興味深い勉強だわ」と言っていた。

アレちゃんのお母さんも、アレちゃんが引っ越した下宿の窓の大きさとドアの幅を言っただけで、翌週にはカーテンとドアの隙間に置く風よけのクッションを自分で作って送ってきた。すごい能力と行動力だ。

ちまたで言われているような「イタリア人はママが強くてみんなマザコン」というのは嘘で、イタリアのお母さんは家族じゅうを本当に魅了していなくてはならない、愛されている存在なのだ。

ポメラートだとかブルガリとかで巨大なゴールドジュエリーを見るにつけ、「どういう人にこういうものが似合うんだろう」とよく思った。モデルや女優以外にどういう人が？　と。だって、とても高そうに見えて外出時にはおそろしくてできないし、もしかしてずっと家にいて移動はいつも車という感じのマダムだけがするものなのだろうか？　と思っていた。

でもアレちゃんのお母さんとおばさんを見て、なるほど、と初めて心から納得した。年齢が上になってきて、着るものと、人生の深みと、洗練と、顔の美しさと、これまでの人生に対する誇り高さと、きらきらと輝く好奇心を持ち続けている彼女たちにこそ、大ぶりのゴールドジュエリーが似つかわしいのだった。もちろん彼女たちは立派なマダムだしお金持ちには違いないのだけれど、不思議なことに、まるでネイティブアメリカンがたくさんのシルバージュエリーを身につけていても体の一部に見えるように、光り輝くダイヤがついた大きなゴールドジュエリーが、とても自然に、なんていうことのない体の一部に見えた。

ジョルジョという友達のイタリア人のお母さんも、すばらしい人だった。大勢で遊びに行ったのにさりげなくおいしい料理をたくさん作り、優しくもてなしてくださった。クラス会で初恋の人に会って嬉しかったと語る時の彼女はとてもきれいだった。彼女は心臓発作で死ぬ直前まで、今年のバカンスはどこに行こうか、と楽しく予定をたてていたという。

そうだ、死ぬ直前まで人は生きているのだから、自分で弱気になって終わりにしてはいけない、その話を聞いて、そういうふうに強く思った。

日本では歳をとるまでにあれこれとストイックに無茶をしすぎて体のメンテナンスを怠りがちになり、自分の心や体を喜ばせてあげることに時間をさくことも怠りがちになる。そして人生後半になると体の不調と共にどうしても人生を「もう歳だから」と投げてしまうことが多い。でも、沖縄で現役ばりばりで仕事をしているおじいさんやおばあさんに会うと、懐かしいようなほっとする感じがする。それは歳をとるのはおそろしいことじゃない、自分の人生は自分のものだという確固とした姿勢が頼もしく感じられるからだろう。

今から体に気をつけて、長く使えるようにすれば、いつまでも楽しいことは続いていくのだ。何をすることならがんばれて、何をしないでおくべきか、そんなふうに自分の人生をカスタマイズしてしぼりこんだ結果がちゃんと出る時期が老年なのだと思う。

このエッセイのイラストを描いてくれている原マスミさんのお母さんは八十過ぎだが笑顔は少女のように明るい。そして原さんのことを「ごはんを作ってくれるの。本当に優しいのよ、この子は」とほめたりするけれど、全然いやみな感じはしない。こっちもにこにこしてしまう。

その人たち全てに共通するのは、「この人がいれば、大丈夫だ、どんなことがあってもこの人は変わらない」という安心感だ。それは、いろいろなことを経てどんどん許容量が大きくなってきた、個人の歴史がつくったひとつの芸術だと思う。

身もふたもない

かなり昔のことだが、ある女友達との関係に悩んで、誰にも相談できない状況だったので、いつもはみんなでわいわいと行く関西の占い師さんに電話して相談したことがある。

彼はかわいらしいおじさんで、にこりともせずに辛辣《しんらつ》なことを次々言う（友達なんか「一生洋服は何を着ても似合わない星の下に生まれている、だからシンプルな服かパジャマか裸しかない」とまで言われていた）のだが、当たっている上になんとなく憎めない素敵な感じなので最近はもう、観てもらわず会いに行くだけのことが多い。

もう十年以上のつきあいになるから、彼のしゃべっていることを聞いているだけで本当は何を言いたいのか、どういう時が本当はやばい時なのか、わかるようになってきた。

そして彼が本当にあたたかい人だということもすごくよくわかってきた。絶対に本人はそう見せないし、目立つことも嫌いだけれど、静かに燃えている情熱、それはやはり「人を救う」その一点だけに集約されているのだった。

友達の春田さんと行った時には、彼の部屋になぜか友達だという年輩のお風呂屋さんのおじさんがいてびっくりしたけれど、そのおじさんはなんだか落ち着いていて物腰が柔らかく、私と春田さんの突飛なおしゃべりに自然についてきて、しかも感じがよかった。聞いてみると、その人はボランティアで悩み相談の電話を受けているそうだった。納得しながらも、誰にも知られず、いろいろな形で、街の、誰にも知られていない人たちの命を支えている人たちがいるんだなあ、と妙に感動した。

私はものすごくにぶいところがあり、自分にまつわることだと大穴があいている場合が多い。そのケースの時も、何をどうしても誤解が解けず、どんどん悪いほうに大勢をまきこんで流れていって、しかも精神的にその友達を好きだったので本当にまいっていた。彼は言った。

「ひとことで言うと……ねたみやね。」

「ええ？　ねたみ？」

私はびっくりした。その友達はねたみという感じからほど遠い人格に思えたのだ。ちょっとうがちすぎじゃないかなあ、なんてその時私は思った。

「吉本さん、やっぱり人気あるやろ。それで、もてるやろ、有名人やから。」

「はあ。」（心の中では、有名人やから、って……そんなー！　他にほめるところあるでしょう！　と思っていた）

「それでもうねたみすぎて動けなくなってしまったんやね。その人は。」

「でもそんなことが原因なら、友情の力でなんとかなるかも。」

その頃まだ幼くて、人の見分け方がいまひとつわかっていなかった私はそう答

50

えた。私にはねたみという感じがばっこりと抜け落ちているので、今となってはそういう仲間としかつきあわない。でもその頃はそうではなかった。自分にないものは人にもさほどないと、思いこんでいた。

「うーん、あかんと思うけどな。もう解放したげたほうがいいですよ。解放、という言葉が何回も浮かぶんやけど。」

彼はぼそぼそと言った。

結局、それはまるっきり当たっていた。いろいろな事件がありその友達とは別れてもう会うことはないけれど、悪い感情を持つところまでいかずにすんだ。そして、私は、人との距離の取り方を学んだと思う。

あれがもしもっと優しい言い方で「吉本さん、感じもいいし、かわいいから、おもてになるでしょう？　その人はあなたのことをとっても愛しているけれど、人間というのは弱いものですから、ほんの少しあなたのことがうらやましいと思ってしまうのです、だから、許してあげましょう」なんていい感じに言われてたら、本当に全然胸にしみなかっただろう。そして今でも不毛な関係に努力を注いでいただろう。

真実とは、シンプルで、残酷で、でもなんだかかえってあたたかいものなのだと思う。だってよく考えたら「あんたが有名人だから友達がねたんでるんだよ」なんて言われたら、普通腹が立って友達をかばいたくなるでしょう。でも、違った。彼の静かな言葉、確信を持った態度、そしてシンプルで誤解の余地がない言葉が、妙に私の胸に「ああ、そうかもしれないな」とリアルに迫ってきたのだ。もしも当たっていなかったら、きっと何かの作用によって、私にはわかったと思う。たとえ言葉はきつくても、真実はちゃんと胸に届くようにできているのだ。

それにしても結婚の時ももちろん観てもらったが「これはお互いに仮設住宅やね、すぐに別れるかも、彼はものすごい気分屋さんでだまされやすい」とかむちゃくちゃ言われてやっぱり落ち込んだが、そういえばその占い師さんはめでたい時にはわざとそういうふうに言うっていうことを思い出した。先日夫を連れて行ったら彼はしみじみと「あーほっとした、だんなさんの顔見て。あの生年月日やったら、とんでもない人である可能性があったんですよ、この顔なら安心、幸せだからこめかみに青い線が出てるし」と言い、珍しく優しかった。とんでもない生年月日……？　とちょっと気になったが、その後すぐに「いい人でよかった、おめでとう！」と絵文字入りのメールが来た時には、ずっと心配していてくれたんだな、となんだかじんとしてしまった。

意外な幸せ

「このままここにいたらいつか命に関わる状況になる」と本能的に感じた時、そこでさらに本能のままに行動するのはとても困難だが、絶対にしたほうがいいと思う。自分にとって人生よりも大切なものはないに決まっているからだ。

私は一回、とんでもないことをしたことがある。今でもその時のことを考えると冷や汗が出る。住んでいた家を振り捨てて逃げ出したのだ。過労で倒れて点滴をうちながら引っ越しをした。二度とはできないくらい大変だったし、大勢を悲しませたけど、本当にしてよかったなあ！　と今は心から思っている。

ある場所に長くいて、少しずつ自分に嘘をついていると、その嘘がヘドロみたいに固まって重くなってくる。それを変えるには、無茶な行動をとるしかなくなる。ちりもつもると絶対に山になっちゃうから、以来自分に嘘をつかないことだけを大切にしている。人に嫌われるしろくなことはないが、あんな引っ越しをしなくてはいけないよりずっとましだ。

新しく引っ越したところは、前に住んでいたところよりも二十年ほど古い建物で、水もれもするし食器洗い機はないし、食器棚もないし、風呂はためる方法でわかせなかった。前に住んでいたところは台所にいながらにして風呂もわいたし、食器は機械が洗ってくれたし、棚が大きかったのでいろいろな食器をきれいに重ねることができた。

ところが、なんだかわからないが私はものすごく幸せだったのだ。この感じは文にするのがとってもむつかしい。

たとえば、私は夏になると毎年一週間海に行き、民宿と旅館の中間みたいなところに泊まる。

行く前はけっこう憂鬱なこともある。

「山の上や浜辺で携帯があんまり通じないし、朝のコーヒーを飲めないし、BSも観ることができないし、午後にお菓子を買ってきてどのお茶にしようかなと選ぶこともできないし、その日に食べたいものを作ることもできないし、服もあんまり持っていけないし、ドライヤーも無駄だし、日焼けしてもいろいろな化粧水を使えないしなあ」などと思う。大勢の人がやってくるので共同生活するのも面倒くさいし、自分の思う時間に思うことができないし、朝は八時にたたき起こされて飯だし……と。

しかし海にざぶんと入り、そんなに広くもすてきでもない温泉に、よく知らない人たちといっしょにつかったりごはんを食べたりして、夜は近所のてきとうな居酒屋へ行って一杯飲んで寝る、というのを二日もすると、なぜか慣れてしまうのだ。

これは自然の力なのか、共同生活のもたらす安心感なのか、私には未だによくわからない。たまに「よしもとさんが来ているから来る」というファンみたいな人もいるが、自然にしていると特に話題もないので、関係が自然になる。遠くにいて、たまにお互いにこっとするという感じだ。急に親しくなったりしない、それも自然なことだと思う。都会ではそういう時にテンションが高くなりすぎている人が多い。

それで友達や夫が後から来るとなると、足がないのでぽこぽこ歩いて港まで迎えに行き、船から降りてこないと「次の船かー」となる。のんびりとまた歩いて浜に戻り、夕方の音楽が流れると、ああ五時か、もう宿に帰って、風呂に入って、晩ごはんか、と思う。

いつもと全然違う暮らしだが、慣れるのだ。慣れて小さな幸せを感じる。ある午後、海から早くあがって宿の部屋でひとりごろごろしていたらふと「杜仲茶が飲みたいな」と思った。歩いて十分の大きなスーパーに行けばあるんだよな、と思い、やっぱりぽこぽこと歩いて行った。他の人たちの欲しいものまでついでに買いだしてあげ、スーパーの袋をぶらさげて、夕陽のきれいな町をまたてくてくと歩いて帰ってきた。

そしてクーラーのきいた部屋でペットボトルから、ビールの景品でついてきたみたいなグラスに茶を注いでぐいっと飲んだら、陽にやけたたたみの上で、私はなんだかとても幸せだった。
波照間島《はてるま》でもそうだった。シャワーさえぶっこわれて冷蔵庫もない宿で、ある朝秘書の慶子さんが一念発起して「飲み物を買ってきます！」と近所のけっこう遠いよろずやまで行くと言いだした。私はすっかりだれて、ふたつにたたんだせんべいぶとんによりかかり「頼むー」などと言ったまま寝転がっていたが、ふと窓の外を見ると、畑の向こうを慶子さんが歩いて行くのが見えた。ピンクのTシャツが緑と青空に映えて「なんだか幸せな眺めだなあ」と思ったのをよくおぼえている。

風呂もわかせない古いマンションに越す、十数人と海で共同生活をする、コーヒーも飲めない暮らしになる、押入のない四畳半で過ごす、などと聞いただけで気持ちが暗くなるものだが、幸せはどんなところにも無尽蔵に待っている。これまでのそういうことを思うと、全然無理して前向きに考えなくても、意外にもいろいろなことが楽しく思える。何かができないということは、他の何かがそこにあるっていうことなんだと思う。

きれいな場所で

いろいろな人に「今まで行っていちばんよかった場所は?」と聞かれたらいつでもなんとなく「シチリアがよかった」と答えてしまう。

今でも本当の理由はよくわからない。

数年前の春先に、私は何の気なしにそこへ行ったのだ。そんなにすばらしいところだとは全然知らなかった。何が私をひきつけたのか。

空が夜になっても明るいような不思議な青だったところか、考えられないくらいたくさんの花が咲き乱れていたからか、遺跡が大きく、文化が入り交じっていて面白かったからか、ワインがおいしかったからか、市場のにぎわいか。人々の幸福そうに見えるところか。

旅につきもののちょっとつまらないことはたくさんあったはずだった。部屋のエアコンが壊れていたり（この時は、実家のマンションの管理人を副業でやっている秘書の慶子さんがプロ意識を発揮し、その前の酒でへべれけになりながらも直そうと奮闘してくれて椅子から落ちていたっけ……）、移動に疲れて熱が出たり、うっかり夕方に何か食べてしまって、おいしい晩ごはんがちょっとしか食べられなかったとか、交通事故に遭遇して飛び散った脳味噌を見ちゃったとか、階段から三段くらい転げ落ちてあざができたとか、友達の友達のおしゃれな部屋に行ったら、おしゃれすぎてバルコニーにろうそくをともしたのが見せ場だったために、すご〜く寒かったとか、おかまばっかりの店に行ったら異常に高かったとか、そんなようなことだ。

それでも私はその旅で「自分は本当に南の地方が好きなんだなあ」としみじみと知った。サボテンがばんばん花を咲かせ、ローズマリーやジャスミンが色っぽい感じで咲き乱れまくりものすごい香りをふりまき、地下のミイラはからりと乾き、魚は新鮮なうちにしか食べない……そんなものを普通に目にできる毎日が、寒かった冬からやっと抜け出した私の体をほぐしてくれた。

きれいな場所のことをガイドブックや雑誌で調べ、いざそこに着いてみるとなぜだか「ふ〜ん」と思うことが多い。「うわあ、すてき」でもなく「ついに来た！」でもなくて、いつでも自分のいる場所と感情がうまくなじまない感じがする。

でもその時は、はじめパレルモの町中にあるかわいいホテルに泊まっているうちにじょじょに慣れていってから自然のあるほうに移っていったのがよかったらしく、タオルミナで小高い丘の上のホテルにいる時、突然自分の境遇を嬉しく思ったことをよくおぼえている。

いつもは黒ずくめで髪の毛もわりと短い同室の友達陽子ちゃんは、その時の気分かしていた恋のせいなのか、めずらしく髪を長くのばし、パーマをかけていた。そして、パリで安く買ったというものすごいレースのネグリジェみたいなものを

着ていた。

私のベッドは窓辺にあり、旅のメンバーは観光を終えて、それぞれが部屋で一時間ほど休むことになった。夕方で、きれいな西陽が町と海をおどろくべき色で照らし出していた。そして、エトナ山の火口からオレンジ色の溶岩があふれだしててらてらと光っているのが見えた。

左にはその景色があり、右を見るとなんだかものすごくきれいにしている陽子ちゃんがベッドでうだうだしていて、話しかけると答えてくれ、なんとはなしに会話をしたり、黙って水を飲んだりした。

こんなきれいな場所に、きれいな友達といて幸せだなあと、その瞬間、心から私は思った。

あとからあれこれ思い出すことはあっても、その場でそんなふうに実感することはとっても珍しい。多分そういうことが何回かあったから、あの旅はすばらしい印象なのだなあ、と春になるたびに思い出すのだろう。

そういう気持ちは伝染するようで、日焼けで疲れ果てた一日の後、本当は不機嫌になってもおかしくないはずなのに、旅のメンバーは夕方の買い物の時、みんな幸せそうだった。

ほてった肌のまま、ゆったりとひとつの路地で買い物をして回った。みんなお互いに優しく、なんだかにこにこしていた。アンティークショップで古い鎖やペンダントヘッドを見たり、香水屋で石鹼や香水を選んだりして、おなかがすくまでの時間を優雅に過ごした。観光地のお店は旅人の気持ちをこころえていて、私たちの最後の夜にとってとても優しく、切ない品揃《しなぞろ》えだった。

生きているとたまに、そういううまいめぐりあわせの時がめぐってくる。どんなきつい時期があっても、生きていればまた必ずめぐってくる。そういう単純なことが、希望につながるのだと思う。

片思いのメカニズム

今、サイトで質問コーナーをやっている。そもそもは読者の人たちからのお手紙に決して返事を書けないストレスを解消するためと、ものすごい量の、しかも深い手紙が来るので、その深さを公開することで軽減し、かつ、お返事も書けるという一挙両得のすばらしさに気づいたからだ。

そしていろいろなメールを見ているうちに、さすがに気になってきた。どうして、こんなにも、みんな片思いばっかりしているんだろう？
片思いをして、苦しんだり切なくなっている人の数はものすごい。不倫なんかもいれると、若者のほとんど全員ではないか？　と思う。

私の純然たる片思いは、大学生の時に合宿でみんなの世話を焼くだけ焼いたあげくに一人で池に落ちたクリヤマくんが最後だった。その思いもただ片思いというよりは彼のがんばりにエールを送るような感じ。なんだかごっこのようで「ああ、なんだかもう片思いってしないかも」という感じがした。女の子たちと片思いっぽい話でもりあがるのは楽しかったけれど、いつでも見込みがなかったらすぐにどうでもよくなり別のボーイフレンドとつきあったりした。

なんだか、あの、恋独特のシステムに気づいてしまったら、縁のない人とすったもんだしても無駄だという気がしてならなかったのだ。

恋は相手とエネルギーの状態が一致していると簡単に起こるが、本当のところそれに外見は全然関係なく、しかし最終的に本能的な好みは絶対である。絶対に変えられない。その両者には微妙な違いがある。本能で惹《ひ》かれた人には、必ず、自分にしかわからない共通項がある。それがたまたまお互いにかみあってエネルギーが発動してタイミングがたまたま合えば、恋愛事件に発展する。

いくら考えても、努力しても、無駄なほどの偶然（必然とも言える）が必要なわけだ。

だから「報われるためにがんばる」と意地になっている人には、私はやっぱり冷ややかな返事をしてしまうことが多い。なんとなくだけれど、もはや相手を思うようにしてみせるという呪いの趣があるからだ。それでむりに相手が自分を好きになってくれても、結婚しても浮気されたりしたら、かわいそうなのは本人だという気がする。男の人は、よほどきらいな女でないかぎり、好きと言われれば悪い気はしないしもちろん寝てくれるだろう。でもそれと「好き」は全く別ものだ。

女の勘は巣作りの勘で、必ず、相手が自分を好きになるかどうかはわかっているし、もう一瞬で実は判断している。ただ、それを認めたくないと、葛藤が起こってしまうのだろう。それはそれですばらしい精神体験だと思う。

でも自分の腹の底で「これはだめだろうな」と思って長引かせると、自分が傷つくから、自分を一番に面倒みてあげてほしいな〜などとおばさんらしく思ってしまうのだった。

私には溺愛しているオスの飼い猫がいる。名前はビーちゃん。考えられないくらいハンサムで、意地っ張りで、優しくて、私好みの性格。家に遊びに来た占い師にまで「あなた、ビーちゃんが本気で好きでしょう、人間でなくてよかったわ。だんなと争いになるかもしれないから」と言われたほどだ。

しかしビーちゃんは捨てられたせいか、前の飼い主のせいなのか、そもそも人間があんまり好きではなくて、私もだんなもめったになでさせてもらえない。ごろごろもいってくれない。いくら優しくしても、おいしいものをあげても、だめだ。そもそも捨てられていたのを私が拾ってきたからここで幸せに暮らしているのにさ、なんて言いたくなるが、それは彼には関係ない。

彼の好きなもの……それはゴールデンレトリバーのラブ子。横たわるラブ子の、自分に似た金色のふさふさした毛を見ると、ビーちゃんはたまらなくなり顔をうずめ、手で毛皮をもみながらごろごろいい始める。他の誰にも見せない幸せな表情で、子猫に戻って甘えている。

私とだんなは「いいな〜、あんなにしてもらえて、いいな〜」と指をくわえて見守るしかない。この間も朝目覚めたら私の顔の横でビーちゃんがごろごろいっていたので「あら……甘えてきたわ、夢のよう」と思って手をのばしたら、実はしっかりと遠くのラブ子に顔をうずめていた。

そんなにもうらやましがられているのに、当のラブ子はすごく迷惑そうで、いつでも五分ほどがまんしているがすぐに立ち上がって行ってしまう。するとビーちゃんはすごく悲しそうに取り残される。

とっても切ないが、私たちにはいかんともしがたい問題である。

そしていつでも、なんかこれって人と人の間でもよく見ることだなあ、と思う。私とだんながいかにビーちゃんを愛していても、金色の毛が生えていない限りは、ずっとごろごろいって甘えてはもらえないのだ。努力はむだ。別の角度から愛情を考え直さないといけない……ってちょっと大げさだけれど、本能ってそのくらい大きなことだと思う。

そして人間が「この思いは人間の特権」と思っているようなことは、たいてい動物界にも存在しているのがなんといってもおかしい。

ごきげんよう！


小説の内容が内容なので、よく聞かれる。

「さぞかし身近な人をたくさん亡くされたのでしょうね」と。

それは、イエスでもありノーでもある。まだ親は健在だし、きょうだいも生きている。配偶者も生きている。なんといっても私が生きている。私の描く死は、そういう意味では「のこされた人を描く死」に過ぎない。

でも、いつかみんないなくなる……それをこれほどまでに切実に感じている人はそう多くないと思う。だから、よく小説で死を扱うのだろうと思う。


誰かが命をかけて伝えようとしたことに、触れたことはあるだろうか？

私は、ある。

小学校にあがるかあがらないかの頃、父の友達の、いつも家に来ていた優しいお兄さんが死んだ。私はずいぶんかわいがられていたので、もう最期のお別れだという時に、父と集中治療室まで行った。人が管につながれているのも初めて見たし、その目が、生き生きと何かを言いたそうなのに、酸素マスクと透明な壁がそれをはばむところも初めて見た。ああ、この人は私たちにお別れとお礼と、まだ死にたくないと言っているんだ、と幼い私にも痛いほどわかった。

沖縄の人だった。私の沖縄好きは、これがルーツかもしれない。彼は心臓に欠陥があり、いずれにしても長くは生きられないということだった。おとなしい人だったが、彼の雰囲気にはいつでもなにか切実なものがあった。

ある夜、まだ元気だったそのお兄さんと私は公園かなにかに行って、その後うちで晩ごはんを食べることになっていたので帰路についた。

私たちは手をつないで歩いていた。ちょうどそういうことが恥ずかしくなるお年頃だった私は、一回その手をふりほどこうとした。でも、お兄さんはぎゅっと手を握り返した。絶対に離さない、という感じだった。

そこには性的なニュアンスは全然なく、ただ、このおじょうさんを家まで送り届けなくては、という責任感と、そして、この小さい、生き生きとした女の子と手をつないで歩いていたい、自分が生きている証を遺したい、という切実な願いがあった。

今しかないんだ、今つながなければ、もう、つなげないかもしれないんだ、生きているものとつながっていたいんだ、そういう感じだった。

私にもそれは、なんとなくわかった。なんとなくとしか言いようがないが、わかったのだ。それで、ずっと手をつないでいた。汗ばんでも、うっとうしくても、家に着くまでずっと。

もしもお互い長生きとわかっていたら、どうとでもなっただろう。手をふりほどいて走っていっても、それでしかられてけんかしても、あるいはお互いの気持ちひとつで手をつないだり、また次の機会につないだり、なんでもありだっただろう。そういうがさつさが幸福というもの、そのものだと言える。私たちは毎日、

そういうがさつな幸福の中に生きている。

でも、彼は命の全てをかけて私に教えてくれたのだ。「今しかない、今は二度とない。次があると思ったらそれは嘘なんだ。なんの保証もないのだ。だから今、つながっていたいのだ」ということを。

私はそれを、言葉ではなく、体で知った。それは彼の遺言だったし、生命をかけて私に伝えたことだった。今でも、彼の手の感触は私の手にしっかりと残っている。

私も、生涯をかけて、小説でそうした何かを伝えていけるだろうか？ といつも思っている。

さて、結婚にはじまり妊娠に終わる、この連載です。突然視力も回復したりして、けっこう波乱にとんだ日々でした。

今はつわりで、面白いくらいに頭が全然まわりません。妊婦は人というよりも、もう動物というか、本能のみの存在。毎日が発見でとても面白い。なので、久しぶりにのんびりと過ごしています。こうとなったら早く子供が見てみたいです。子供を持つ気なんて全然なかったのに、げんきんなものだ。でも、このせちがらい現代社会で、子供を持ちながら仕事もばりばり続けていくというのは現代女性の大きな課題である。それに、オノヨーコさんなみのガッツでとりくんでいけたらなあと思っています。平野レミさん（大好き！）なみのガッツも、とても欲しいところ。なにごとも、はじめてのことって、すごく楽しいですよ。

なんだかすごくきりのいい、運命的な連載だったなあと思っている。

原さんの絵もすばらしかったし、編集長はいつもあたたかく見守っていてくださったし、読者の人たちもいつでもとても気持ちのいい感想を送ってくれました。この時代にとても珍しく、本当にすばらしい志でファッションをとらえているこの雑誌に参加できたことを、それが人生の激動期にちょうどあたったことを、みなさんにとても感謝しています。

いつかまた、お会いしましょう！

あとがき

この本は「GINZA」という雑誌に連載されていたものです。

その雑誌を読んだ時、私の心には昔、まだ幼くてダサかったころ（と言っても今もあかぬけているとは言いがたいが）に「anan」を読んで胸がどきどきした、あの感じがよみがえってきました。

そして、最近では面白くなくて大嫌いだと思っていた東京を、もう一度、あの七〇年代のように新鮮な気持ちで好きになりそうな、なにか自由な風が吹いてくるような感じがしました。

凝りに凝ろうと、全くかまわなかろうと、とにかくファッションは本人の生き方そのものです。何に惹かれ、何を嫌い、何を身につけるか、それが歳と共にどう変わっていくか、それは人生の大きな部分を占めている問題です。そういう基本的なこと……人からどう見られるかではなく、自分がどうしたいか、どういうものが好きで、それをどう外に向けて表していくのか、その大切さを感じさせる雑誌だと思いました。

そんな雑誌を好んで手に取っている人たちは、きっと海外にも行ったことがあるだろうし、好き放題に服や靴や鞄や小物を買うことはできなくても、きっと経済的には自分である程度やりくりできる状況にあり、自分とか仕事とか人生に関して、全く無頓着ではないはずだ、と考えたところからこの連載の発想はスタートしました。

だから自分でもかなりまじめに、ぴりっとした気持ちで取り組むことができました。

もしできることなら、産休が終わってから、またこういうエッセイをあのすばらしい雑誌で連載したいです。

ものすごい失恋からはじまり、妊娠に終わったこの本ほどの大ネタに満ちあふれていなくても、きっとその頃にはたくさんの小さな考えが私にストックされていることでしょう！　もし説教ばばあや、人生に疲れ果てた主婦になっていなければ……。そうしたら、この本も続きを出せる日が来るかもしれません。そうなるとすてきだと思っています。

この本を読んでくださった全てのみなさまと、この本に登場したみなさま、そして、この本を作るのに関わってくださった全てのみなさまに心からの感謝をささげます。

二〇〇二年十月

よしもとばなな

文庫版あとがき

このあと、愛犬は死に、子供が産まれた。

そしていろいろなことがあった。

ものすごくいろいろなことだった。今、この本を読むと「なんてガキなんだ！」と思う。でも、こんな短期間でこんなに成長できるなんて、人はすごいとも思う。

私はいかに子供っぽくっても、ここに出てくる自分が嫌いではない。なんだか憎めないと思う。この人はまだなにかを育むということの真髄を知らない。でもいっしょうけんめいだ。

今の私もその真髄はつかんでいない。子供っぽいままだ。

そして、つかむ気もない。毎日を考え抜き、生き抜くだけだ。
いつのまにかなんかいいものがくっついている。
それでいいのだと思う。思い出は星のようにきらめき、そしてそれを抱いていつか消えていく、そのあいだはずっと成長し続けたいな、とすっかりおばさんになったのに、そう思う。

いろいろな人の力で文庫にしてくださったこと、そして読んでくださったこと、ありがとうございます。

二〇〇五年冬

よしもとばなな

この作品は二〇〇二年十二月マガジンハウスより刊行されたものです。

バナタイム

よしもとばなな

平成18年2月10日　初版発行

発行者――見城徹

発行所――株式会社幻冬舎

〒151-0051東京都渋谷区千駄ヶ谷4-9-7

電話　03(5411)6222(営業)

03(5411)6211(編集)

振替00120-8-767643

印刷・製本――中央精版印刷株式会社

装丁者――高橋雅之

幻冬舎文庫

ISBN4-344-40759-8　C0195　よ-2-11